나는 내가 될게 너는 네가 되어 줘

언스쿨러 김하은 에세이

나는 내가 될게 너는 네가 되어 줘

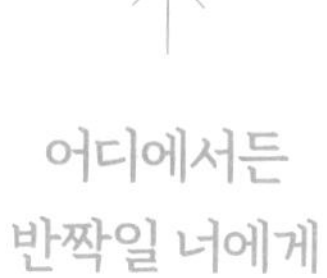

어디에서든
반짝일 너에게

길벗

추천사

이 책을 통해 4차 산업혁명과 AI 시대 진정한 교육이란 무엇인지 다시금 생각해 봅니다. 또한 교육자의 한 사람으로서 '언스쿨러'라는 표현에 안타까움을 느낍니다. 저자 말마따나 학교 밖으로 나간 게 아니라 세상 속으로 들어온 것이 당연한데 아직 현실에서는 낯선 표현이지요. 우리 교육이 더는 대학입시 준비로만 이해되지 않기를, 학생들이 사회에 필요한 인재가 되기 위해 행복을 축적하는 과정이 되기를 바랍니다.

-이승섭(KAIST 전 교학부총장)

이 책을 먼저 읽은 독자기획단의 진심이 담긴 말들

세상은 달라졌지만 아직 변하지 못한 대한민국의 학교. 답답한 현실이지만 내 자녀가 감당할 인생이기에 남들과 다른 길을 권할 수는 없었어요. 하지만 이 책을 통해 아이가 진로에 대해 고민할 때 학교 밖의 길이 선택지가 될 수 있다는 것, 먼저 걷고 있는 선배들이 있다는 것을 말해줄 수 있는 용기가 생겼습니다.

-서현빈(길벗 독자기획단 7기)

누구나 한 번쯤은 끄집어내고 싶었던 청소년기 고민을 방황이 아닌 열정으로 채운 언스쿨러 김하은 님의 도전이 담긴 책입니다. 자기 삶의 주체가 되기 위해 선택한 언스쿨러로서 어떤 의지와 노력이 필요했는지 그 과정을 여실히 보여주고 있습니다. 학교 안팎의 현실을 솔직하고 생생하게 전하여 진로 문제로 고민하는 아이들에게 유연한 대처와 도움을 줄 것입니다. 우리 아이들의 교육 방향에 대해 다시 고려해보게 하는 책으로 교육계 몸담은 분들과 학부모님들도 함께 읽어보시길 권합니다.

-박상은(길벗 독자기획단 7기)

다른 것이 틀린 것은 아닌데 왜 우리는 아이들에게 '보통'을 요구할까요? 보통이 아니면 다 틀렸다고 말하는 어른들의 편견에 통쾌한 펀치를 날리는 책입니다. 용기 있는 자가 세상을 얻는 법이죠. 덕분에 저도 엄마로서 용기를 갖게 되었고, 내 아이도 이렇게 단단한 사람이 되어주길 바라며 이 책을 추천합니다.

-정지윤(길벗 독자기획단 7기)

부모는 자녀가 삶의 주도권과 책임감을 가지고 행복하게 살아가기를 원하며 그 과정을 돕고자 노력합니다. 그럼에도 '평균이 사라져가는 시대'를 살아가는 아이와 달리 현재를 살고 있는 부모는 혼란할 수밖에 없지요. 이 책은 앞으로의 시대를 살아갈 저자의 고민과 학교 안팎에서의 경험을 생생하게 담아냈습니다. 자녀교육에 대한 부담감을 안고 있는 부모에게 새로운 도전을 주는 책입니다. 더불어 책을 통해 학교의 올바른 역할을 배울 수 있습니다. 같은 공감대를 공유하고 있는 10대 청소년과 선생님께도 이 책을 추천하고 싶습니다.

-이미래(길벗 독자기획단 7기)

'모난 돌이 정 맞는다'라는 속담이 있죠. 저는 정을 맞지 않기 위해 남들처럼 평균치 수준으로 튀지 않는 돌의 역할을 해왔습니다. 마흔을 앞두고서야 '내가 좋아하는 것은 무엇인지', '나는 어떤 사람인지' 그리고 '무엇을 할 때 행복한지'를 고민하고 있네요. 언스쿨러, 학교 밖 청소년이라는 납작한 단어로 하은 양을 규정하고 싶지 않습니다. 인간이라면 누구나 언젠가는 마주해야 할 고민을 남들보다 일찍, 스스로 해낸 멋진 사람이니까요. 일곱 살 딸아이를 키우는 엄마로서 우리 아이만큼은 정이 두려워 다른 돌과 비슷해지려고 스스로를 갈아내지 않길 바랍니다. 비록 뾰족할지언정 자기만의 강점을 갈고 닦아 가장 나다운 모습을 유지하며 반짝이는 삶을 살아가는 데 이 책이 좋은 롤모델이 되어주길 바랍니다.

-박지연(길벗 독자기획단 7기)

'10대로 돌아간다면? 나만의 시간표대로 살아보고 싶다.' 청소년을 위해 썼던 저의 책 내용 중 일부입니다. '가장 나다운 작은 행동들이 점으로 연결되어 미래가 될 것'이라고 권하기도 했는데요. 이 책은 실제 그 모델이 "나 여기 있어요!" 하며 생생한 삶을 그대로 보여줍니다. 대부분은 대학생이 되어서야 처음으로 본인의 선택을 하는데, 열다섯에 첫 인생 고민을 시작한 이후 자신만의 리듬대로 살아가고 있는 김하은 님의 다부진 모습에 무조건적 응원과 지지의 마음을 보냅니다. 하은 님의 삶은 그 자체로 아름다우며, 남들과 다른 선택을 앞두고 용기가 필요한 누군가에게 든든한 이정표가 되어줄 것입니다.

'아이 스스로 생각하고 결정한 것을 듣고 서로 이야기 나누는 것이 전부'라며 겸손하게 말씀하시는 하은 어머님의 모습에서 저에게 주어진 부모로서의 시간표를 떠올려봅니다. '나 자신이라는 존재를 탐구하는 과정'을 진짜 공부라고 정의하며 공교육의 문제점을 하나씩 꼬집는 하은 님의 모습에서는 교육의 진정한 변화를 갈망하는 교사로서 계획표를 다시 점검하게 되고요. 세상살이에 한 가지 정답만 있는 것이 아니므로, 세상에 자신만의 목소리를 내는 모든 이들에게 이 책이 용기를 북돋는 씨앗이 되기를 바랍니다. 삶의 중심에 서 있는 10대들의 다양한 목소리가 더 멀리 닿기를 희망합니다.

-백다은(길벗 독자기획단 7기)

불투명의 숲을 지나

'나는 뭘 좋아하지?'

2020년 중학교 3학년 2학기가 시작됐을 때 문득 든 생각입니다. 1학기에도 그랬지만 2학기가 되고 나서는 선생님들뿐만 아니라 주변 어른들, 선후배들이 서로 약속이라도 한 듯 모두 고입을 이야기했습니다. 어느 고등학교에 갈 것인지부터 생활기록부는 꾸준히 관리했는지, 진로는 생각해 봤는지, 심지어 학교 수준에 대한 지극히 주관적인 생각까지 어디를 가든 이어지는 질문과 조언 세례에 머리가 하얘졌습니다. 분명 중학교에 입학할 때까지만 해도 제 목표는 외고 진학이었고 막연하게나마 미래에 하고 싶었던 게 많았는데 그저 학교가 하라는 대로 수업만 열심히 듣다 보니 미래에 대해 아무것도 생각하지도, 준비하지도 못한 채 졸업을 앞두게 됐습니다. 어른들이 이야기한 대로 시험과 수행평가를 잘 보기 위해 노력했지만 결국 남은 것은 혼란뿐이었습니다.

> '고등학교는 중학교보다 학습량이 훨씬 많은데 중학교에서도 찾지 못한 꿈을 과연 고등학교에서 찾을 수 있을까?'
> '꿈은 둘째치고 애초에 내가 좋아하고 잘하는 게 있나? 잘하는 건 몰라도 좋아하는 건 있었던 것 같은데 왜 떠오르는 게 없지? 뭔가 잘못돼도 단단히 잘못된 거 아닌가?'
> '애초에 고등학교라는 곳의 메리트는 뭐지? 중학교 성적이 고등학교를 결정하는 것처럼 그냥 좋은 대학을 위한 졸업장이지 않을까?'
> '인서울이고 뭐고 나는 내가 누군지조차 모르겠다고!'

터지기를 기다렸다는 듯 제 안의 근심과 의문이 꼬리에 꼬리를 물고 쏟아져 나왔습니다. 절박한 마음에 기억을 뒤져봐도 지난 2년 반 동안 제 인생에 도움이 될 만큼 인상적인 순간은 찾을 수 없었습니다. 오로지 수업과 시험뿐이었으니까요. 1학년 때 그렇게 다녔던 진로체험도 단지 시간을 죽이는 일 이상의 의미는 없었습니다. 어쩌다 보니 고입이 눈앞까지 다가왔지만 지금처럼 맹목적으로 학교와 집만 왔다 갔다 하는 삶을 살고 싶진 않았습니다. 이대로 간다면 줄곧 해온 것처럼 '남들만큼만' 공부하다가 졸업할 텐데. 당장 고등학교에 가면 교실 문은 높아지고 수업은 늘어나겠지만 사실상 '저'는 달라질 게 없었습니다. 이대로 또 남들만큼만 하면 3년 뒤에 크게 후회할 것 같았습니다. 결국 남은 생각은 단 하나였습니다.

'이대로는 안 돼.'

마음의 소리에 귀를 기울이자 답이 보이는 듯했습니다.

> '더는 학교에 목매지 말자. 내 인생만큼은 내가 직접 책임지자. 잠시 공부와 멀어지는 한이 있더라도 학교에 다니면서 희미해진 나를 다시 찾자. 그러니… 고등학교에 가지 말자!'

스스로 생각을 정리하고 나니 결정은 어렵지 않았습니다. 몇 달 뒤 저는 본격적으로 공교육을 벗어난 삶을 살기 시작했습니다. 지금은 학령으로 따지면 예비 고3입니다.

저는 제가 선택한 길을 '홈스쿨링'이 아닌 '언스쿨링un-schooling'이라고 부릅니다. 홈스쿨은 단순히 '학교school'를 '집home'으로 가져온 느낌이라면 언스쿨은 오랫동안 공교육 안에서 희석된 저를 원래대로 되돌리는un-do 일이기 때문입니다. 단순한 공간 이동이 아닌, 학교로부터의 완전한 해방, 즉 '나'를 발견하고 발전시킬 수 있는 자유를 나타내는 표현입니다.

굳이 홈스쿨이 아니라 언스쿨을 강조하는 이유는 둘의 개념이 서로 다르기 때문입니다. 홈스쿨링에 관한 책은 집에서도 효율적으로 공부하는 방법부터 어떤 교재나 프로그램을 활용하는지, 스케줄은 어떻게 짜는지 등을 자세하게 알려줍니다. 저는 학업보다는 저라는 존재를 탐구하고 파악하는 데 무게를 실어 언스쿨을 통해 저를 찾아가는 현재진행형 성장기를 보여드리려고 합니다.

공교육 문제나 홈스쿨을 다루는 책의 저자는 대부분 부모님이나 선생님, 교수님 혹은 학자로 책 내용 역시 전지적 '어른' 시점에서 쓰여 있습니다. 저는 그 삶의 중심에 서 있는 당사자로서 직접적인 경험을 전달하고자 합니다. 때로는 재밌고 슬프기도 한 여러 에피소드를 통해 관찰자가 아닌 주인공 시점에서 이야기를 풀어냅니다. 지금까지 언스쿨러로 살아온 길 그리고 그 과정에서 느낀 것을 이 책에 최대한 생생하게 담았습니다.

지금의 저는 행복하고 꿈을 마음껏 펼쳐가는 제 삶이 정말 좋습니다. 학교 울타리 안에서 벗어나자 그전에는 찾아볼 수 없었던 시간적·정신적 자유가 생겼고 공교육에서 잃어버렸던 제 자신을 되찾을 수 있었습니다. 다양한 활동을 시도해 보며 철학, 창업, 그림,

미디어 등 새로운 관심사도 생겼고 학교에 다녔다면 만나지 못했을 소중한 인연을 얻었습니다. 의도하진 않았지만 여러 활동을 하면서 지하철 타기의 고수도 됐답니다. 지금은 더 넓은 세상을 경험하고자 미국 유학(대학 진학)을 준비하고 있습니다.

공교육 틀 안에서 보내온 시간을 되돌린다는 것이 어쩌면 스스로 가시밭길을 택하는 일이라고 생각될 수 있습니다. 확실히 공교육을 마을이라 한다면 언스쿨은 마을 경계에 있는, 안개가 자욱한 미지의 숲입니다. 지금까지 그 속을 헤쳐나가면서 분명 넘어지거나 길을 잃은 순간도 있었고 당장 발밑도 안 보일 만큼 막막한 순간도 있었습니다. 하지만 그 순간들을 통과할 때마다 제가 조금씩 성장해 나감을 느꼈습니다. 지금까지 걸어온 길이 언제나 꽃길은 아니었어도 제게는 잃은 것보다 얻은 것이 훨씬 많은 소중한 시간입니다. 지금은 오히려 학교를 더 일찍 나오지 않은 것이 후회됩니다.

학교가 비효율적이라고 생각하지만 그 시스템을 벗어나는 것이 오히려 아이를 망치지 않을지 걱정되는 학부모, 현재 학교에 다니고 있지만 그 시스템에 의문을 품고 있는 청소년 혹은 단순히 언스쿨링이 무엇인지 궁금한 누군가에게 이 책이 도움이 되길 바랍니다.

Re,
처음부터 다시 새롭게

차례

4장 | 언스쿨러로 살아남기

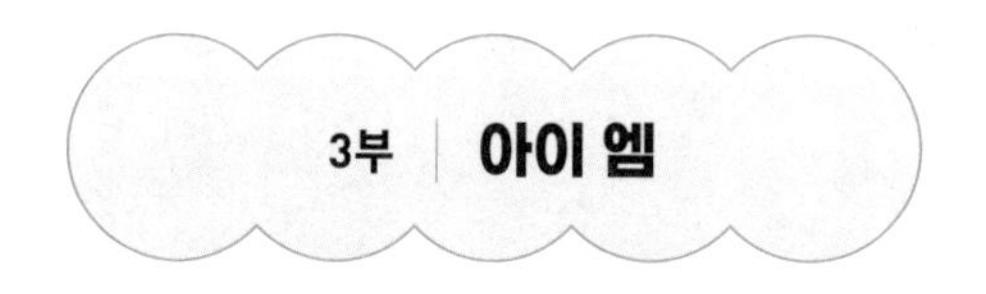

3부 | 아이 엠

5장 | 나만의 스테이지

1부

학교 종이 땡땡땡

1장

나는 학교에서
빛나지 않는다

'자기주도' 포켓몬

저의 초등학교 저학년 생활은 조금 특이했습니다. 초등학교 2학년 때 외국으로 나가 현지 학교에 다니게 됐거든요. 유학이나 이민은 아니었고 아빠가 해외로 발령을 받으면서 온 가족이 함께 간 것입니다. 외국이라고 하면 미국이나 프랑스, 중국 같은 나라가 떠오르겠지만 저는 듣지도 보지도 못한 남반구 바다 한가운데 있는 섬으로 날아갔습니다. 그게 어디냐고요? 드라마 〈꽃보다 남자〉와 예능 프로그램 〈정글의 법칙〉에 나왔던 뉴칼레도니아New Caledonia 혹은 누벨칼레도니Nouvelle-Caledonie라고 하는 곳입니다. 편의상 '뉴칼'이라고 하겠습니다.

뉴칼은 프랑스령이라 프랑스어를 공용어로 쓰고 그 외에도 여러 소수민족 언어들이 공존하는 사회입니다. 영어는 거의 쓰이지 않아 영어를 못해도 만사 오케이입니다. 하지만 한국 초등학생이 프랑스어를 할 수 있을 리가 없죠. 그때는 너무 어린 나머지 '언어 장벽'이라는 개념 자체가 없어 외국으로 가는 것이 그저 신나기만 했지만 학교에 들어가는 순간 철없던 행복은 와장창 깨졌습니다. 수업 시간에도, 쉬는 시간에도 입도 뻥끗할 수 없었으니까요.

처음에는 힘들었지만 그래도 같은 학년에 영어권 출신 아이들이 두어 명 있어 완전히 외롭지는 않았습니다. 다행히 제 언어 능력은 뛰어난 편이어서 6개월 만에 프랑스어 발음을 완벽히 숙지했고 1년 후에는 일상 대화가 가능해졌습니다. 수업은 여전히 따라가기 어려웠고 문법과 작문은 엉망진창이었지만 학교생활에 큰 지장은 없었습니다.

생활적인 부분을 떠나 특별히 신기했던 점을 하나 꼽자면 망설임 없이 '다양성'이라고 할 수 있을 것 같습니다. 뉴칼은 섬나라여서 그런지 남반구 섬나라의 토착 민족부터 호주와 뉴질랜드 사람들, 프랑스 등 유럽에서 건너온 사람들까지 다양한 국적, 인종과 문화가 뒤섞여 있었습니다. 제 친구 중에서는 할머니는 중국인, 엄마는 타히티인, 아빠는 프랑스인인 아이도 있었습니다. 아시아계는 거의 없었지만 그야말로 '샐러드 볼'이었습니다. 제가 느낀 뉴칼에서의 '다르다'는 의미는 다른 만큼 공유할 것이 많다는 뜻이자 있는 그대로의 자신을 드러낼 수 있다는 뜻이었습니다. 인종차별이 전혀 없진 않았지만 어린 나이에 다양성을 인정하는 법을 배우기에 충분한 환경이었습니다.

수업 분위기도 문화만큼이나 자유로웠습니다. 물론 수업 시간에 딴짓을 하면 혼나는 건 똑같았지만 수업 방식은 선생님마다 다 달랐습니다. 우리나라와 비슷하게 교과서와 PPT를 활용해 '정석'적인 수업을 하는 선생님이 있다면 다큐멘터리만 주야장천 틀어주는 선생님도 있었습니다. 교재는 아예 팽개치고 학생들과 토론인지 수다인지 모를 시간을 보내거나 수업마다 5~10분은 명상을 하게 하는 선생님도 있었죠. 미술 시간에는 미술 창고에 있는 잡동사니를 마음껏 가져다가 쓸 수 있었으며(수업이 끝나면 난장판이 되는 경우가 많았지만) 음악실에서도 선생님만 계시면 얼마든지 악기를 갖고 놀 수 있었습니다. 교과과정이 한국에서의 학습 진도와는 많이 달라 성적은 과목별로 들쑥날쑥했지만 살면서 가장 많은 적성을 직·간접적으로 발굴하고 여러 관심사를 활발하게 오갔던 때가 뉴칼에서의 3년이었다고 확신합니다.

또 다른 중요한 특징은 학생에게 주어진 자율성이었습니다. 많은 관리와 통제가 필요할 법한 학교 축제를 진행하는 일에서조차 학생이 주체였습니다. 학생회가 부스 인원 모집이나 예산 관리 등 모든 기획과 운영을 맡았습니다. 포스터를 제작하고 붙이는 것도 학생 몫이었고 수익금도 모두 학생들이 정산했습니다. 선생님들은 자문 역할 정도만 해줬고 축제 당일에도 여기저기 다니며 분위기를 띄워주는 보조 역할에 머물렀습니다. 그만큼 학생에 대한 기본적인 신뢰가 깔려 있었던 것입니다.

한번은 포켓몬의 아버지라 불리는 디자이너 에릭 메델이 숨지자 학생들이 교실마다 피카츄가 그려진 추모 포스터를 창문에 부착한 적도 있었습니다. 그래도 아무도 저지하지 않고 오히려 일주일가량 그렇게 죽음을 추모하도록 허용하는 등 학생들의 행동을 존중해 줬습니다. 물론 아직 어린 저학년이었던 저는 그저 지켜보기만 했지만 언니 오빠들의 자기주도성과 그것이 인정받는 분위기가 신선한 충격으로 다가왔습니다. 저도 나중에 학교에서 멋진 프로젝트를 기획해 보고 싶다는 생각이 들었죠.

이런 자율적인 모습은 바로 제 곁에서도 지켜볼 수 있었습니다. J라는 제 친구는 수업 시간만 빼고는 늘 노래를 부르는 아이였는데 제가 한국으로 돌아온 지 6개월이 지났을 때쯤 버스킹을 시작하더니 지금은 배우로 활동하고 있습니다. 종종 카페에서 공연하는 J의 모습이 소셜 미디어에 올라오기도 합니다. 한번은 J가 체육 시간에 외부로 이동하면서 케이티 페리의 〈Roar〉를 부른 적이 있습니다. J의 노래를 들은 체육 선생님은 그 작은 몸집에서 어떻게 그렇게 깊은 목소리가 나느냐고 감탄하더니 꼭 그 목소리를 활용하라고 적극적으로 격려해 줬습니다. 노래는 취미로만 하고 공부에나 신경 쓰라고 할 수도 있었는데 말입니다. 지금은 J와 직접적으로 연락하진 않지만 일찌감치 자신이 원하는 일을 찾아 업으로 발전시킨 친구를 먼발치에서나마 응원하고 있습니다.

뉴칼에서는 마치 포켓몬처럼 서로 다른 능력을 지닌 아이들이 각기 자신만의 길을 걸어갔습니다. 그동안 제가 한국의 유치원이나 초등학교에서 경험한 것이 정해진 커리큘럼에 따라 반복되는 일상이었다면 뉴칼의 학교에서는 크고 작은 이벤트들로 지루할 틈이 없었죠. 문득 궁금해졌습니다. 항상 이렇게 즐거우면 안 되는 걸까? 한국에서 어른들이 말하는 것처럼 꼭 공부 잘하는 모범생이 돼야 할까? 조금 중구난방이기는 하지만 이대로 모험하는 것도 괜찮지 않을까? 길지도, 짧지도 않은 3년이었지만 훗날 언스쿨러로서의 많은 양분을 채우게 된 시간이었습니다.

열한 살 중학생

뉴칼에서 저는 초등학교 4학년 나이에 중학교로 진학했습니다. 제가 〈영재발굴단〉에서나 볼 수 있는 천재 소녀였던 건 아닙니다. 뉴칼 학제에서 초등학교는 5학년까지 있고 월반이 흔한 편이라 중학교 생활을 일찍 경험해 볼 수 있습니다.

제가 다닌 학교에는 프랑스어가 모국어가 아닌 학생들을 위해 수업 절반은 보통 학생들과 함께 프랑스어로 듣고 나머지 수업은 별도로 구성된 반에서 영어로 들을 수 있는 'FLE'라는 제도가 있었습니다. 프랑스어 수업들은 온 신경을 곤두세우며 들어도 따라가기 힘들었지만 영어 수업에서는 한국의 '호랑이 엄마'식 교육이 빛을 발했습니다. 그런 저를 눈여겨보셨는지 어느 날 선생님이 제게 중학교 '견학'을 가보지 않겠냐고 제안하셨습니다. 그때는 이 견학이 월반의 첫 단계라는 것도 몰랐지만 애초에 초등학생의 사고는 그리 복잡하지 않았습니다.

"네? 중학교요? 재밌겠다! 갈게요!"

다음 날 교감 선생님은 아빠에게 메일을 보냈고 그렇게 저는 영문도 모른 채 어느새 중학교 교실에 앉아 있었습니다. 월반 절차가 이렇게 황당할 만큼 간단하다뇨? 알고 보니 뉴칼 중학교에서는 한 반에 2~4명 정도가 월반한 학생일 만큼 저 같은 경우가 드물지 않았습니다. 심지어 제가 올라간 반에는 저보다 한 살 어린 친구도 있었고 한 살 위, 많게는 두 살 위 학생까지 있었습니다. 초등학교에서야 많아도 한 살 차이가 다였지만 중학교부터는 학년마다 1~3년 차이가 기본이었습니다. 무조건 여덟 살이 되면 초등학교에 입학해 한 학기 한 학기, 한 학년 한 학년을 계단식으로 올라가는 한국 교육 문화와는 사뭇 다른 분위기라 꽤 충격받았던 기억이 납니다. 한국에서 초4와 초6이 같이 수업하고 중1과 고1이 같이 수업하는 광경을 쉽게 그려볼 수 있나요? 이때 처음으로 배움에는 나이가 그리 중요하지는 않을지 모른다는 생각을 했습니다.

당연히 친구 사이에도 나이는 장벽이 되지 않았습니다. 2년 월반한 친구도 자신보다 세 살 많은 '언니'들과 잘 놀았고 제 친구들도 한 명만 빼면 모두 저보다 두 살이 많았습니다. 마음만 맞으면 나이와 국적, 언니, 오빠 혹은 형, 누나 할 것 없이 모두 친구였죠. 제가 경험한 뉴칼에는 인종차별은 있어도 나이 차별은 없었습니다. 그냥 아무도 '나이'라는 지표를 신경 쓰지 않았습니다. 생일을 물을 때 빼고는 거의 언급된 적이 없을 정도로요. 그래선지 대화 주제도, 놀이 풍경도, 독서 분야도 다채로웠습니다. 책을 좋아하는 친구들이 많다 보니 각자 읽은 책을 주제로 대화할 때도 자주 있었는데 저는 가끔 친구들이 읽은 책이 궁금해 나이에 맞지 않는데도 그 책을 사달라고 졸라 엄마를 곤란하게 만들기도 했습니다. 종종 수업 내용이 어려울 때 나이 많은 친구들에게 도움을 구하면 간결하고 차분한 설명으로 저를 이해시켜 주기도 했습니다.

그때는 별다른 의식 없이 자연스럽게 환경에 녹아들었지만 지금 생각해 보면 꽤 신기한 문화입니다. 우리는 스무 살, 즉 대학에 입학하기 전까지는 모두 이미 짜인 시간표 속에서 살아갑니다. 성인이 되기 전에는 우리 스스로 인생의 큰 줄기들을 결정할 수 없습니다. 그건 모두 어른들 그리고 무려 18세기부터 이어져 온, 뿌리 깊은 전통을 지닌 학교의 몫이니까요. 그러다 스무 살이 되는 순간 사회는 그 책임을 한꺼번에 우리 각자에게 떠넘기며 다짜고짜 꿈이 뭐냐고 묻습니다. 하지만 학교라는 울타리 안에서 남이 짜준 시간표대로 살아온 우리는 대학만 가면 모든 일이 잘 풀릴 거라는 근거 없는 망상에 갇혀 진지하게 자신을 탐색해 볼 시간을 갖지 못합니다. 이런 무차별적 책임 전가는 때로 폭력으로까지 느껴지기도 합니다.

나이가 몇이든 실력이 된다면 그리고 본인이 원한다면 자신의 인생 시간표를 스스로 짤 수 있게 도와줘야 하지 않을까요? 뉴칼의 자연스러운 월반 문화는 얼핏 보면 그저 한 학년을 건너뛰는 단순한 일처럼 보일 수 있지만 어린 나이부터 자신의 꿈을 발견하고 그 꿈에 자신만의 속도로 도달할 수 있게 해주는, 확장된 가능성을 내포하고 있다고 생각합니다. 스스로 선택하는 삶의 첫걸음인 셈이죠.

물론 3년이란 시간 동안 초등학교 저학년일 뿐이었던 제가 한 나라의 문화와 교육 시스템을 속속들이 이해하기란 불가능합니다. 따라서 그곳의 교육이 어떻다고 단정 지을 수는 없습니다. 다만 제가 보낸 그 3년은 진정한 자율성과 자기주체성을 체험하기에는 충분한 시간이었습니다. 덕분에 항상 수업에 집중하지는 못했어도 매사에 활기차고 사랑 넘치는 그리고 친구와 판타지 소설을 세상에서 가장 좋아하는 아이로 살았습니다. 뉴칼은 한국과는 비교할 수 없을 정도로 크고 많은 벌레가 있고 인터넷 속도도 느리고 놀잇거리라고는 바다밖에 없어 지루하게 느껴질 때도 많았지만 다채로운 수업 방식과 나이에 따른 상하 관계가 없는 학교의 자유로움 속에서 행복한 추억을 쌓으며 저만의 꿈과 개성을 마음껏 펼칠 수 있는 곳이었습니다.

뉴칼로 이사 간 지 정확히 3년이 지난 후 저는 한국으로 돌아왔고 5학년 2학기가 시작됨과 동시에 다시 한국 학교에 다니게 됐습니다. 뉴칼에서의 생활도 좋았지만 사실 한국으로 돌아오는 것에 대한 기대도 못지않게 컸습니다. 이곳에서는 또 어떤 새로운 경험을 하고 친구들을 만날지 궁금했고 무엇보다 언어 장벽이 없으니 학교생활에 금방 적응하리라 기대했죠. 불행히도 같은 언어를 쓴다고 해서 말이 잘 통한다는 뜻은 아니란 걸 깨닫기까지는 그리 오래 걸리지 않았습니다.

'다름'과 '틀림' 사이 외로움

다시 한국 학교로 등교하게 된 첫날, 벌레와 바다로 둘러싸인 풍경을 뒤로하고 인조 잔디가 깔린 운동장을 지나 학년별로 교실이 다닥다닥 모여 있는 복도를 걸었을 때의 기분이 아직도 생생합니다. 낯설다. 다시 '원래대로' 돌아왔는데.

긴장 반, 설렘 반으로 교실에 들어섰습니다. 교실 분위기 역시 한 반 인원이 평균 15~17명 정도밖에 되지 않고 다양한 인종과 나이의 아이들이 섞여 있던 뉴칼과는 사뭇 달랐습니다. 비슷비슷한 피부색과 학용품, 알록달록한 교과서들. 오히려 남반구 태양에 새까맣게 그을린 제가 이질적으로 느껴졌습니다. 하지만 뉴칼에서의 언어장벽도 이겨낸 저이고 본래 성격도 밝은 편이라 그다지 걱정되지는 않았습니다. 전학생이라면 반드시 해야 하는 자기소개 시간, 뭐라고 했는지 기억나진 않지만 외국에서 살다 왔다는 말에 호기심이 가득한 눈들이 일제히 저를 향했고 첫 쉬는 시간부터 제 책상 주위로 반 여자애들이 우르르 몰려왔습니다.

"어디 살다 온 거야? 뉴칼레도니아? 그게 어디야? 얼마나 살다 왔는데?"

"우와, 그럼 넌 영어도 잘하고 불어도 잘하겠다! 함 해봐! 오, 짱 신기하다!"

"어머, 한국말 잘하네? 한글도 잘 쓴다!"

"어, 그거 영어 원서야? 와, 엄청 두껍다! 글씨도 작아!"

처음에는 이런 관심을 그저 좋게만 받아들였습니다. 열심히 프랑스어도 전파했고 뉴칼에 관해 알려줬고 읽고 있던 영어 책도 소개해 줬습니다. 아이들은 끊임없이 말을 걸어오고 질문하고 학교가 끝나면 같이 놀자고 했습니다. 곧 다른 반까지도 소문이 나 모르는 애들도 제게 복도에서 프랑스어로 뭐라고 해보라는 요구를 하기 시작했죠. 처음에는 흔쾌히 응했습니다. 누군가가 제게 관심을 보이는 게 좋았고 간단하게 몇 마디만 해도 아이들은 만족하며 돌아섰습니다. 말이 안 통해 무리에 들어가기까지 오래 걸렸던 뉴칼과는 달리 처음부터 이렇게 관심을 보여주니 이 모습 그대로의 제가 인정받는 줄 알았거든요. 그냥 나답게 살면 자연스럽게 친구도 생기고 반에서 잘 지낼 수 있으리라 생각했습니다.

하지만 현실은 그렇지 않았습니다. 자신들과 저의 관심사가 전혀 다르다는 사실을 파악한 아이들은 하나둘씩 멀어져 갔습니다. 같은 학년 여자아이들은 하나같이 틴트와 아이돌에만 관심 있었고 다른 건 안중에도 없었습니다. 아이돌도, 화장도 모르는 저는 낄 틈이 없었습니다. 아이들은 유행에 민감했고 그 유행 속에 제가 좋아하는 판타지 소설이나 글쓰기는 없었습니다. 툭하면 저 브랜드 틴트 색이 예쁘더라, 너한테는 이게 잘 어울릴 것 같다, 누구누구가 신곡 냈는데 안무가 너무 예쁘더라 하는 등 주체만 바뀔 뿐 주제는 매번 같았습니다. 특정 다수가 뭔가를 좋아하기로 결정하는 순간 반드시 모두가 동조해야만 하는 분위기였죠.

놀이도 마찬가지였습니다. 아이들은 언제나 아이돌 신곡 안무를 연습했습니다. 저는 물놀이 외에는 놀잇거리가 딱히 없는 섬나라에서 살다 와 아이돌에 대한 개념이 없었고 화장은 학교에서 연말 퍼포먼스를 할 때 빼고는 해본 적이 없었습니다. 비록 언어는 같을지라도 무리의 요구에 무조건 순응하지 않는 저는 반에 완벽히 소속될 수 없었습니다. 제 생각은 아이들에게 중요하지 않았고 곧 저는 가끔 프랑스어를 한두 마디 들려주는, 그저 재밌는 특기 하나

가진 별 볼 일 없는 아이가 돼 있었습니다. 처음으로 혼자가 되는 외로움이 무엇인지 깨달았습니다.

돌이켜 생각해 보면 불편한 점이 한둘이 아니었지만 화기애애한 분위기에 취해 잘 적응하고 있다고 몇 번이고 속으로 되뇌며 제 자신을 속였습니다. 학업 면에서는 확실히 적응이 빨랐습니다. 뉴칼에서도 엄마가 3년 내내 홈스쿨 형식으로 국어와 수학을 가르쳤기에 단원 평가는 매번 잘 봤고 좋은 일을 할 때마다 붙일 수 있는 스티커 판도 착실하게 채워나갔습니다. 하지만 같은 반 아이들과는 도무지 어울릴 수 없었습니다. 반 친구들과 이야기하고 놀 때 묘하게 겉도는 느낌이었고 쉬는 시간에 제가 좋아하는 영어 소설을 읽고 있으면 주위에서 곱지 못한 시선을 받기도 했습니다. 그들은 '동질감'을 좋아했고 저는 그 기준을 충족하지 못했습니다. 이 교실에서 '다름'은 '틀림'이었습니다.

반 아이들 모두가 제게 악의를 가진 건 아니었다는 것을 압니다. 오히려 살갑게 인사해 주는 아이들도 몇 있었습니다. 단, '친절함'이 끝이었습니다. 반에는 제가 없던 1학기에 이미 크고 작은 그룹이 형성돼 있었고 3년 동안 다른 세상에 있다 온 제가 낄 자리는 없었습니다. 초등학생이 하기에는 좀 꼰대 같은 소리일지 모르지만 저는 아이들이 왜 늘 트와이스 얘기만 하고 화장품에 대한 정확한 지식도 없으면서 무슨 틴트를 사볼지 서로 진지하게 토론하며 고민하는지 이해할 수 없었습니다. 화장의 기능은 얼굴의 장점은 부각하고 단점은 보완해 주는 것일 텐데 왜 다들 입술 색칠 놀이에 그렇게 진심인지, 왜 모두 아이돌과 드라마에 관한 이야기만 나눠야 하는지, 왜 모두 좋아하는 게 같아야 하는지 그리고 같은 걸 좋아하지 않으면 왜 어울릴 수 없는지, 영어 원서를 읽으면 왜 재수 없는지 하나도 이해할 수 없었습니다. 한국 초등학교 고학년 세계에서 유행이 아닌 모든 것은 '이상한 것', '틀린 것'으로 정의됐습니다. 뉴칼에서는 노래를 좋아하는 J와 판타지 소설을 좋아하는 제가 함께 웃으며 놀았는데 도대체 왜? 너무나도 혼란스러웠습니다.

뉴칼의 자유분방한 분위기와 자기 개성이 중요한 프랑스 문화에 노출됐던 저는 편안하게 생각했던 한국 학교에서 오히려 훨씬 위축되고 외로워졌습니다. 처음에는 적응할 시간이 충분히 지나지 않아 그런 줄 알았지만 오히려 시간이 지나면 지날수록 '나는 이상한 아이인가' 하는 생각에 짓눌렀습니다. 저는 그저 '김하은'으로 살았을 뿐인데 말입니다. 이건 좀 아니라는 생각이 들긴 했지만 아무리 노력해도 친구들과 어울리지 못하는 현실을 마주하니 정말로 다 제 잘못일지 모른다는 생각에 누구에게 말도 못하고 우울한 나날만 보냈습니다. 집에서 엄마에게 하소연하기도 했지만 그 순간 기분만 좀 풀릴 뿐 점점 더 반에서 배척당하는 현실은 달라지지 않았습니다. 그러던 어느 날 집으로 가는 방향이 비슷해 같이 하교하던 아이가 조심스럽게 '팁'을 하나 줬습니다.

"있잖아… 너도 춤을 연습하면 반 애들이랑 좀 더 친해질 수 있을 거야."

진심에서 우러나온 조언이었지만 여기서 더한 불행이 파생됐습니다.

모두가 같은 춤을 추는 디스토피아

"있잖아…. 너도 춤을 연습하면 반 애들이랑 좀 더 친해질 수 있을 거야."

간절하게 반 아이들과 어울리고 싶었던 저는 안무를 배우기로 했습니다. 아이돌에나 춤에나 전혀 관심이 없었지만 집에 가면 방에 처박혀 연습하고 또 연습했습니다. 그리고 일주일쯤 지난 어느 날 쉬는 시간에 어설프게나마 연습한 춤을 흉내 냈습니다. 거짓말처럼 갑자기 제게 시선이 집중됐습니다. 다들 한 마디씩 칭찬을 건네기도 했고요.

지금 와서 생각해 보면 그렇게까지 아이들에게 인정을 받아야 했나 싶지만 막 새로운 환경에 적응해 가는 5학년에게는 그런 반응 몇 마디가 하루의 전부였습니다. 반에 소속되기 위해 얼마 전까지만 해도 '왜 맨날 저것만 하는 거지? 질리지도 않나?' 생각했던 것을 쉬는 시간에 같이하기 시작했습니다. 여전히 겉돌긴 했지만 전보다는 소속감이 들었습니다.

몇 주가 지나고 수련회가 다가왔습니다. 우리 반 여자아이들은 제게 원래 장기자랑은 꼭 나가야 하고 다른 반도 다 그렇게 한다고 이야기해 줬습니다. 어떤 무대를 선보일지 토론하긴 했지만 결국 결론은 걸그룹 춤으로 났습니다. 머릿수를 맞추기 위해 얼떨결에 장기자랑 팀에 합류하게 된 저는 소중한 점심시간을 쪼개 춤을 연습했고 학교가 끝난 뒤에도 아파트 단지로 호출돼 함께 연습했습니다. 그것으로도 부족해 집에 와서도 열심히 유튜브를 보며 혼자 또 연습했습니다.

하지만 이미 예전부터 여러 아이돌의 춤을 보고 따라해 온 아이들을 따라갈 수는 없었습니다. 우리의 격차는 너무 컸고 결과적으로 저 때문에 대형이 자주 깨졌습니다. 처음 몇 번은 그냥 넘어갔지만 곧 불만의 목소리가 높아졌습니다. 모두가 그러진 않았지만 일부는 너는 왜 이렇게 춤을 못 추느냐고, 연습하기는 하는 거냐며 이럴 거면 왜 합류했느냐는 비난을 던졌습니다. 살면서 이렇게 숨막히는 순간이 또 있었을까요. 그래도 저는 몇 주간 울며 겨자 먹기로 안무를 다 외웠고 장기자랑 무대에서는 한두 번의 실수를 제외하고는 그럭저럭, 튀지 않고 무난하게 묻어갈 수 있었습니다. 저 스스로는 잘했다고, 이만큼 해낸 게 대단하다고 생각했습니다. 하지만 아이들 눈에는 그렇지 못했나 봅니다. 대체적인 분위기는 화기애애했지만 몇 명은 숙소 구석에서 제 부족한 실력을 지적하기 바빴습니다. 누가 너무 잘 췄다는 칭찬으로 시작된 자리는 가장 못 춘 제 실수를 일일이 평가하며 끝났습니다.

그때 어느 정도 깨달았습니다. 노력과 인정은 별개구나. 이 친구들은 내 성장에는 관심이 없으며 재미로 추는 춤에서마저 다름은 틀림이 된다는 것을 말입니다. 씁쓸한 깨달음이었지만 괜히 수련회 분위기를 망치고 싶지 않아 못 들은 척했고 그 이후에도 어정쩡하게나마 아이들 틈에 끼려고 애썼습니다. 내가 엄청난 실수를 해서 대형이 깨지거나 무대를 망친 것도 아니지 않으냐고 반박하고 싶었지만 괜한 짓을 했다가 안 그래도 발 하나 제대로 디딜 곳조차 없는 제 자리에 그림자마저 남지 못할지 모른다는 막연한 두려움 탓에 아무 말도 하지 못했습니다.

당시에는 소외감에 자존감이 낮아져 제게 문제가 있을지 모른다고 생각했지만 다른 아이들이 케이팝 안무를 보고 화장에 관심을 가질 때 저는 판타지 소설에 관심을 가진 것, 그 이상도 이하도 아니었습니다. 하지만 단순히 다수와 다른 것을 좋아하고 잘한다는 이유로 저는 '춤도 못 추는 주제에 외국에서 살다 온 걸 티 내는 재수 없는 아이'로 낙인찍혔습니다. 뉴칼은 서로의 관심사와 재능을 존중해 주는 분위기였지만 이곳은 훈련이라도 받은 듯 모두 같아지려고 노력하는 아이들뿐이었고 여기에 반기를 드는 저는 철저하게 배척당했습니다.

세상은 우리에게 '창의성', '개성', '나만의 장점'을 기르라고 말합니다. 하지만 정작 "너는 뭘 잘하니?"라고 물으면 "음… 잘 모르겠어요", "딱히 없는 것 같은데요?"라며 머뭇거리는 경우가 대다수입니다. 정말 잘 모를 수도 있지만 대개 "저는 이걸 잘해요!"라고 말하면 안 될 것 같은 느낌이나 분위기에 눌려 입을 꾹 다뭅니다. 괜히 나만의 생각을 말했다가 남들과 다르다는 게 들통나면 그대로 끝입니다. 나는 잘한다고 생각하지만 다른 사람 눈에는 아닐 수도 있다는 약간의 가능성조차 두려워합니다. 용기 있게 말했는데 평가당하면 어떡하지? 한국에서는 남들 눈치를 보느라 자신에 관한 질문에 선뜻 답하지 못합니다.

춤뿐만이 아닙니다. 화장이나 취미처럼 우리가 흔히 '자유롭다'고 생각하는 영역마저 학교에서는 다수의 입김에 따라 이리 갔다, 저리 갔다 합니다. 한 명이 틴트를 산다고 하면 양 떼같이 우르르 몰려가고 놀이공원에 가기로 한 약속에 한 명이라도 못 나온다고 하면 도미노 쓰러지듯 너도나도 누구를 빼놓을 바에야 그냥 가지 않겠다고 선언합니다. 굳이 왜요? 오늘 필요하지 않은 틴트를 안 산다고 유행에 뒤처지는 것도 아니고 한 사람을 위해 모두가 희생한다고 대단한 우정이 되는 것도 아닌데요. 남에게 피해를 주지 않는 한 제가 하고 싶은 대로 하면 안 되는 걸까요? 무조건 집단에 집착하는 게 최선일까요? 꼭 모두가 같은 일을 하고 같은 것을 보고 같을 것을 느끼고 같은 것을 즐겨야 할까요? 좋아하는 것을 좋아한다고 말할 수 없다면 현실이 디스토피아와 무엇이 다를까요?

요즘 시대에 그렇게 중요하다고 하는 자기주도성, 자기주체성을 키우려면 스스로 뭔가를 제안하고 기획하고 실험해 볼 수 있어야 하는데 한국 학교에서는 항상 '분위기'에 따라, '남'에 의해 뭔가를 추진했습니다. 서로를 배려하는 것도 좋지만 회장 선거든 놀이든 공부든 학생들이 '스스로' 뭔가를 생각하고 실행하기보다 다수에 휩쓸린다는 느낌을 지울 수 없었습니다.

우리는 분명 자신만의 특별한 색을 가지고 태어납니다. 한 명 한 명이 다르기에 독특하고 소중하고 빛납니다. 심지어 그들이 그렇게나 좋아하는 걸그룹을 봐도 그렇습니다. 보컬 멤버, 춤 멤버, 예능 멤버 등 저마다 능력치가 다르고 모두 멋지지만 각자 개성대로 멋집니다. 같지 않다고 배척당할 이유는 없습니다. 같아지기 위해 노력할 필요도 없습니다. 어차피 학교라는 프레임에서 벗어나는 순간 모두가 다른 사람이 되니까요.

굳이 맞지도 않는 그릇에 저를 욱여넣을 필요는 전혀 없었지만 그때의 저는 너무 어리고 외로웠습니다. 결국 저는 반항 한 번 하지 못하고 그대로 회색빛 학교생활에 녹아들어 저만의 정체성을 서서히 지워갔습니다.

'진로'라는 필수과목

"넌 말하는 걸 좋아하고 영어도 잘하니까 공부 열심히 해서 외고 가야겠네!"

"서울대를 나와서 외교관이 되고 싶다고? 멋진 꿈이네! 열심히 공부하면 이룰 수 있을 거야!"

초등학교 6학년 때까지 제 꿈은 서울대학교를 졸업하고 외교관이 되는 것이었습니다. 생각이 빠르고 말도 잘하는 어린이였던 제게 어른들은 아나운서나 정치가, 외교관 혹은 변호사가 잘 어울릴 것 같다고 말해줬거든요. 그중 가장 마음에 든 건 외교관이었습니다. 많은 나라를 돌아다니니 재밌을 것 같고 돈도 많이 번다고 하고 무엇보다 어른들에게 칭찬받는 직업이었으니까요. 적어도 훨씬 어린 시절 외쳤던 파티시에보다는 좋은 직업임에 틀림없었습니다.

초등학교 졸업을 앞두고 전교생 앞에서 외교관이라는 '대단한 꿈'을 발표했습니다. 그때 작성한 '나의 꿈 서약서'는 두꺼운 상장 종이에 멋있게 인쇄됐죠. 반 대표로 선정돼 당당하게 발표를 하고 박수갈채까지 받으니 진짜로 외교관이 될 수 있을 것만 같았습니다. 그저 어른들이 하라는 대로 초등학교를 졸업하고 중학교에 가서 성적을 잘 받고 외고에 간 다음 좋은 대학에 들어가면 자연스럽게 외교관이 되는 길이 열리는 줄만 알았습니다. 실제로 어른들에게 들은 최고의 방법은 그것뿐이었으니까요. 그 누구도 제 꿈에 이의를 제기하지 않았습니다. 그냥 직업 이름만 또렷하게 말하면 어른들은 빙긋 웃으며 멋지다 한마디 하고서 대화 주제를 바꿨죠. 하지만 중학교로 넘어가는 순간 이야기는 달라졌습니다.

예정된 수순대로 저는 중학교에 입학했습니다. 그 무렵 학교는 자유학기제(학생들이 진로를 찾을 수 있는 시간을 준다는 명목 아래 한 학기 시험을 면제하는 시스템)를 도입했습니다. 1학기 때는 기말고사만 봤고 2학기 때는 다양한 진로 관련 수업을 들었습니다. 비로소 어른들이 정해준 직업이 아닌 진짜 내 꿈을 찾을 수 있겠구나 싶어 설렜습니다. 그런데 기대가 크면 실망도 큰 법인가 봅니다. 자유학기제를 경험한 첫 세대로서 그 시스템은 혁신적이었으나 운영 방식은 그리 효율적이지는 않았다고 말할 수밖에 없습니다. 체제 자체는 혁신적이어도 학교라는 큰 시스템과 그 안에서 우리를 가르치는 어른들 대부분은 그렇지 못했으니까요.

지금은 어떨지 모르겠으나 당시에는 가느다란 종이쪽지에 각자 장래 희망을 적어서 내야 했습니다. 그 종이가 선생님 손을 벗어나는 일은 없었지만 그래도 이제 갓 만 13세가 된 제게는 큰 스트레스였습니다. 초등학교 때까지는 꿈만 말하면 그걸로 끝이었는데 중학교에서는 매번 진지하게 고민해 보라는 뉘앙스의 답이 돌아왔기 때문입니다. '진로'가 하나의 필수과목이 되면서 결과를 봐도 아리송한 적성검사를 여러 차례 거치는 동안 점점 제 꿈에 대한 확신은 사라졌으며 급기야 외교관이라는 직업을 적으려니 망설여지기까지 했습니다. 지금껏 어른들이 칭찬해 주던 외교관이라는 꿈을 적어 내면 편하기야 하겠지만 진심으로 제가 바라는 꿈은 아니었으니까요. 게다가 3년 내내 비슷한 계열의 직업군을 적어내면 고입 때 유리할 수도 있다는 이야기가 얼핏 돌고 있어 더욱 초조해졌습니다. 결국 뭔가를 적긴 했지만 직업을 내게 맞춘 게 아니라 나를 직업에 맞춘 꼴이었습니다.

사실 제가 진짜 바라는 꿈을 적지 못하고 망설인 이유는 따로 있었습니다. 1학년 진로 수업 중 각자 자신의 꿈을 이야기해 보는 시간이 있었습니다. 선생님이 호명한 한 친구는 자신은 바리스타가 되고 싶다고, 그래서 주말에 자격증을 따려고 이것저것 해봤다고 이야기했습니다. 저는 일찍이 꿈을 찾아 키워가는 그 친구가 내심 멋지다고 생각했습니다. 그런데 선생님은 칭찬은커녕 바리스타라는 직업이 얼마나 돈을 못 벌고 생명이 짧고 미래 전망이 낮은 직업인지에 대한 설명만 늘어놓으셨습니다. 반 아이들의 속마음이 들리는 것 같았습니다.

'그럴 거면 왜 물어봤어?'

선생님은 나름 좋은 의도로 그런 충고를 했을지 모르지만 그날 이후로 그 선생님에 대한 존경심은 바닥으로 추락했다고 해도 과언이 아닙니다. 어린 나이에 공개적으로 꿈이 짓밟히는 것만큼 아프고 치욕스러운 경험이 또 있을까요? 교과서에는 모든 직업은 중요하고 또 필요한 것이라고 적혀 있었지만 정작 가르치는 사람은 (의도적이진 않더라도) 직업의 서열을 정하고 있었습니다. 마치 꿈보다는 돈과 명예가 앞선다는 듯이, 대학교에 들어가고 사회인이 되는 순간 그게 인생의 전부가 된다는 듯이 그리고 한번 선택한 직업이 평생 간다는 듯이 말입니다.

학교와 어른들은 삶이라는 과정보다 직업이라는 결과가 더 중요하다고 이야기해 줬고 저는 그에 따라 당연히 멋져 보이는 인생, 남들이 부러워할 만한 명성 있는 직업만이 답이라고 생각했습니다. 모두가 그렇게 말했으니까요.

그리고 마침내 3학년 1학기가 되자 선생님들은 '고등학교'를 꾸준히 언급하기 시작했습니다.

"집에서 한 시간 거리로 배정되고 싶지 않으면 성적 관리 잘해라."

"생활기록부에 한 줄이라도 더 적고 싶으면 봉사 시간 꼬박꼬박 채우고 독후감 열심히 내라."

"지금이라도 동아리 만들어서 활동 많이 해라."

"이제부터라도 진로를 생각하고 하고 싶은 일을 정해야지."

교과 선생님, 담임 선생님께 수시로 들은 말입니다. 하지만 내 마음의 소리에 귀 기울이기보다 어른들의 충고에 익숙해진 탓인지 그때까지도 저는 현실을 직시하지 못한 채 근거 없는 '행복 회로'를 돌리고 있었습니다. '언젠가는 꽂히는 게 생기겠지', '일단 중학교부터 졸업하고 고등학교 가서 생각해 보자', '역시 외고로 가볼까? 외고는 엄청난 곳이니까 뭔가 변화가 있을 거야!'

그런데 생각해 보니 중학교를 '열심히' 다녔지만(3학년 때 수학을 제외한 전 과목이 90점 중·후반대로 나왔고 3년 개근상도 받았습니다) 암기로 때려 박은 쥐꼬리만 한 지식을 제외하고는 초등학교 때와 별반 달라진 것이 없었습니다. 그나마 지금 성적으로 서울대는커녕 고등학교에서도 끽해야 평균 정도 하겠다는 걸 깨달은 게 달라진 점이라면 달라진 점이랄까요. 그제야 뭔가 잘못됐다는 생각이 분명해졌습니다.

그러고 보니 저는 미래를 한 번도 진지하게 고민해 보지 않았습니다. 그냥 '학교가 싫어, 재미없어' 하는 생각만 안고 있었습니다. 뭐가 싫은지, 싫으면 어떻게 하고 싶은지 생각해 보지도 않으면서 말입니다. 이대로만 가면 뭐라도 될 줄 알았습니다. 안일했음을 고백하지만 지금까지 살아온 인생 데이터에 근거하면 아주 틀린 말도 아니었습니다. 그 누구도 제게 어떻게, 어떤 사람으로 살고 싶은지 묻지 않았기에 정작 중요한 이 질문들은 계속 방치되며 곪고 있었던 것입니다.

멋져 보이는 인생, 남들이 부러워할 만한 명성 있는 직업만이 답이라고 생각했습니다. 그런데 그 꿈이 진짜 내 꿈도 아닐뿐더러 이대로는 달라질 것이 없음을 깨달았을 때 인생 최초로 방황이라는 친구를 만났습니다.

학교를 바꿀 수 없다면

5학년을 마치고 6학년으로 올라가면 뭔가 달라지지 않을까 내심 기대했지만 여전히 나를 새기지도, 지우지도 못해 지난해의 데자뷔 같은 날이 이어졌습니다. 춤은 여전히 못 췄고 초등 고학년 생활에는 이미 질릴 대로 질려버렸죠. 초등학교를 졸업하는 날에는 그야말로 "자유!"라고 외치고 싶었습니다.

다행히 중학교 1학년은 나름 즐겁게 보냈습니다. 아이돌 안무에 집착하는 애들도 상대적으로 줄었고 저와 성격이 잘 맞는 친구들도 만났습니다. 그래도 혹시나 하는 마음에 원서를 들고 다니는 횟수를 확실하게 줄였고 프랑스어를 해달라는 요구의 절반 이상은 유하게 웃어넘기는 법도 터득했습니다. 하지만 폭풍 전야였을까요. 이제 정말 괜찮아지나 싶던 그때 결정적인 사건이 저를 기다리고 있었습니다.

중학교 2학년 수련회가 얼마 남지 않아 모두의 텐션이 높아진 와중 다른 반에서 '반티'를 맞춘다는 소식이 들려왔습니다. 어라? 저 반도 맞춘다는데? 앗, 이 반도! 순식간에 전 학년이 개성 있고 멋진 반티를 맞추는 데 혈안이 됐습니다. 곧 우리 반도 반티 회의에 돌입했고 이건 너무 실용성이 떨어지지 않냐, 저건 너무 튀지 않냐 하며 모든 쉬는 시간을 보냈습니다. 웬걸, 그렇게 열성적인 토의 끝에 결정된 의상은 누가 봐도 잠옷 같은 옷이었습니다. 디자인도 예쁘지 않았고 소재도 안 좋을 게 뻔했지만 가격은 무려 인당 3만 원이었습니다.

당시 한 달 용돈이 4만 원이었던 제게 3만 원은 큰돈이었습니다. 저와 같은 생각을 한 아이들이 있었는지 몇 명은 불만을 토로했지만 주문 기한이 얼마 안 남았다는 이유로 무시당했습니다. 저는 수련회도 안 가기로 한 마당에 반티를 사고 싶은 마음이 전혀 없었지만 저 하나가 빠지면 단체 주문에 차질이 생긴다는 이유로 훗날 옷장 속에 처박혀 있다 버려질 운명인 티셔츠에 초록색 지폐 세 장을 상납할 수밖에 없었습니다.

원래 우리 반은 반티의 ㅂ에도 관심이 없었는데 왜 다른 반이 맞춘다고 해서 우리까지 해야 하는지 저는 이해할 수 없었습니다. 집에 와 엄마에게 불만을 호소했지만 돌아온 대답은 "그렇게 싫으면 절대 안 된다고 우겨. 엄마는 돈 안 보태줄 거야"였습니다. 그때는 제 마음을 알아주지 않는 엄마가 원망스러웠지만 덕분에 단순히 상황에 대한 불평이 아닌, 더 깊은 차원에서의 '같음'을 고민하게 됐습니다. 반의 단합을 위해 뭔가를 함께하는 데는 찬성하지만 왜 굳이 옷을 똑같이 맞춰야 할까요? 교복은 모두 똑같아서 지루하고 싫다며 조금이라도 달라 보이려고 치마 길이를 줄이고 사복을 섞어 입으면서 같은 디자인의 반티를 고르는 일은 모순적이었습니다.

학교에서는 '전체'의 뜻이 가장 중요합니다. 최대 다수의 의견을 듣는 것은 민주주의에서 대체로 옳은 방식이지만 그 주장이 절대적이면 개인의 창의성과 권리를 침해하기도 합니다. 반티를 맞추는 것처럼 다수가 하나의 목적을 위해 하나의 프레임에 끼워지는 행위는 얼핏 생각하면 단합, 협동의 의미로 보일 수 있지만 숲의 관점에서 보면 각자의 개성과 주체성을 죽이는 일이 될 수 있습니다. 조금이라도 틀에서 벗어나면 손에 칼을 쥐여주며 틀에서 삐져나온 부분을 틀에 맞게 적당히 잘라내라는 것과 마찬가지입니다.

중학교 생활을 하는 동안 반티 사건 외에 여러 가지 '동화'를 경험하며 저는 지극히 '평범'해졌습니다. 사람은 적응의 동물이라고 했던가요. 싫은 것은 싫다고, 좋은 것은 좋다고 말할 수 없는 상황이 지속되자 그 좋아하는 것이 무엇인지조차 흐릿해졌습니다. 절대적인 독서량을 줄이더라도 원서는 거의 들고 다니지 않았고 가끔 읽다가 '발견당하면' 학원 숙제라고 둘러댔습니다. 그게 무난하니까요. SNS를 시작했고 친구와 소통하거나 게시물을 올리지 않아도 수시로 앱을 열어보고 확인했습니다. 그래야 요즘 뭐가 유행인지 어렴풋하게나마 알 수 있었으니까요. 절대로 시험을 잘 봤다고 솔직하게 말하지 않고 열심히 공부했더라도 대충 벼락치기했다고 말했습니다. 그러자 진짜로 벼락치기가 자연스러워졌고 저도 모르는 새 점점 시야가 좁아졌습니다. 주변과 성적을 비교하고 평균에서 벗어나지 않으면 안주했습니다. '이 정도면 괜찮지.' 점차 말수도 줄고 먼저 뭔가를 하겠다고 나서지도 않았습니다. 물론 코로나19 영향도 있었겠지만 중학교 3학년 때는 통지표에 '다소 내향적인 학생'이라고 적히기도 했습니다.

저는 학교에 어떻게든 적응하려고 발악했고 그 간절한 바람은 이뤄졌습니다. 전반적인 학교생활에는 문제가 없었으며 성적도 나쁘지 않았습니다. 일상생활에서 문제라고는 찾아볼 수 없는, 전교 1등은 아니지만 모범적인 학생이었습니다. 그래도… 이런 걸 원한 건 아니었는데. 나와 학교 사이의 밸런스를 원했는데. 나쁘진 않지만 서서히 지쳐가는 삶은 싫은데. 나는 행복하지 않은데. 고등학교와 그 후 미래에 대한 여러 가지 고민을 하면서 나와 학교를 저울

양쪽에 각각 올려봤습니다. 쿵. 올리기 무섭게 학교가 놓인 접시가 바닥에 내려앉으면서 머릿속은 수십 가지 생각으로 들어차기 시작했습니다.

'내 인생에서 중요한 건 난데. 모두가 그렇게 말하는데. 어째서 나는 계속 지워지고 있지?'

'왜 계속 같아지려고 하고 평균에 안주하지?'

'왜 세상에 하나밖에 없는 나의 본질을 뿌리까지 탈색하고 있지? 도대체 왜? 무엇을 위해서?'

'왜 그랬어? 왜 이 지경까지 왔어? 그것도 스스로?'

'나를 점점 구체적으로 그리기는커녕 왜 다 지워버렸는데? 그 많던 그림 도구들은 어디 가고 지우개만 남은 거냐고!'

무엇을 위해 공부하는지, 무엇을 위해 사는지조차 고민해 보지 않은 채로 살아온 대가는 컸습니다. 문득 궁금해졌습니다. 계속 이렇게 살면 미래는 어떻게 될까? 이러다 꿈까지 비슷해지지 않을까? 지금은 학생이니까 괜찮지만 내 미래에 정말 내가 존재하긴 할까? 수많은 의문과 자책 속에서 처음으로 학교가 아닌 제 자신에게로 시선을 돌렸습니다.

엄청난 자괴감을 느꼈지만 그동안 곪은 상처들을 하나하나 마주하며 짜내는 과정이 있었기에 스스로에게 솔직해질 수 있었습니다. 문제를 직시한 이상 이대로는 안 되겠다는 결심이 섰습니다. 저 혼자 학교를 바꿀 수는 없으니 제 자신부터 바꿔보기로 했습니다. 그렇게 뉴칼에서 돌아온 지 거의 4년 만에 처음으로 저를 위한 결정을 내렸습니다.

다시 출발점으로

사실 학교라는 프레임에 나를 끼워 맞추려고 애쓰지 않았다면 결정을 더 빨리 내릴 수도 있었습니다. 중학교 2학년 때 엄마의 권유로 '거꾸로캠퍼스'라는 대안학교 입학 설명회에 참석한 적이 있었거든요. 대안학교가 궁금하긴 했지만 그때까지만 해도 공교육의 틀을 벗어날 생각은 없었던 저는 학교에 대한 기대감보다 혜화동 나들이에 훨씬 들떠 있었습니다.

설명회에서 교장 선생님은 거꾸로캠퍼스의 비전과 교육 방식을 소개했습니다. 초반에는 그냥 흘려들었는데 어느 순간 정신이 번쩍 들었습니다. 학생이 직접 공장에 가보고 시장조사를 하면서 원하는 프로젝트를 진행한다고? 공통과목이 있긴 하지만 디자인이나 비즈니스, 데이터 사이언스 같은 분야에 최적화된 캠퍼스가 따로 있다고? 학년 구분도 없다고? 초등 시절의 불행은 까맣게 잊은 채 한국 공교육에 동화된 제게는 그저 모든 말이 신기하게 들렸습니다. 이만큼 자유와 자기주도성이 보장되는 학생 맞춤형 교육이 존재한다고? 너무 재밌어 보이는데? 하지만 솔깃한 만큼 의심하고 경계했습니다. 멀쩡히 다니고 있는 학교가 그리고 그곳에 겨우 적응한 제가 뒤처졌다고, 틀렸다고 이야기하는 듯했으니까요.

> '근데 저렇게 해서 공부가 되나? 검정고시도 스스로 준비해야 한다는데! 그럼 사서 고생하는 거 아냐? 난 성적도 나쁘지 않은 편인데 굳이? 게다가 이미 반이나 왔는데! 1년 좀 넘게 기다리면 졸업이잖아. 중1도 아니고 지금 학교를 관둬봤자 손해 보는 거 아냐?'

엄마는 대안학교의 장점을 단번에 알아보고 제게 이 학교를 권했지만 저는 너무 늦었다는 핑계로 거절했습니다. 바보. 전혀 늦지 않았는데. 타임머신을 타고 돌아갈 수만 있다면 제 머리를 한 대 쥐어박아 주고 싶네요. 그냥 엄마 말 좀 제대로 듣지. 19년밖에 안 살았지만 살면서 가장 후회되는 순간 중 하나입니다. 조금이라도 빨리 수동적 사고에서 벗어나 제가 하고 싶은 일을 찾아볼 수 있었다면 좋았을 텐데요. 솔직히 무서웠습니다. 지금까지 시스템에 적응하려고 들인 노력이 너무 아까웠고 학교생활이 행복하지는 않았지만 딱히 불행하지도 않았기에 미련이 남았습니다.

> '넌 재네랑 달라. 너무 튀어. 제발 조심해. 낄 때 끼고 빠질 때 빠지라고. 작작 좀 나서고 가만히 좀 있으라고. 제발 좀 평범하게 묻혀 살자고.'

몇 년 동안 이런 말로 스스로를 세뇌하며 간신히 학교라는 틀에 저를 맞췄습니다. 적성에 맞는 커리큘럼이 눈앞에 놓였지만 저는 도망쳤습니다.

> '괜히 이탈했다가 잘못되면? 다른 애들은 잘만 버티는데 나만 나약한 소리 하는 거 아냐? 그럼 그냥 낙오자 아냐? 가뜩이나 취직도 잘 안 된다는데 졸업장도 없이 뭐 할래?'

하나의 길만 고집하던 제 머릿속에서는 끝도 없는 부정적 상상이 이어졌습니다. 거꾸로캠퍼스 말고도 학교 밖 세상과 접할 기회는 몇 번 더 있었지만 비슷하고 안정적인 일상이라는 마약에 빠진 저는 그 기회를 모조리 놓쳤습니다. 스스로 눈을 가리고 열심히만 살았습니다. 막상 정신 차려보니 100미터 앞에 벼랑이 있었습니다. 추락까지 몇 걸음 남지 않았다는 위험 표지판이 그제야 눈에 들어왔습니다. 여러 생각이 뒤엉켜 혼란스러웠지만 여태까지 무서워서 떠나지 못했던 여행을 지금이라도 시작하기로 했습니다. 이미 학창 시절의 4분의 3이나 지난 시점에 학교를 나와봤자 뭐가 달라지기는 할까 싶었지만 그렇다고 아무 목적 없이 고등학교 교실에 앉아 있을 수는 없었습니다. 시도하지 않으면 아무것도 이룰 수 없을 것만 같았습니다.

다 같이. 모두가 함께. 화합하며 조화롭게. 평등하고 균등하게. 공평하게. 학교라는 조직에서는 이런 가치를 중요시합니다. 물론 단어만 보면 아름다운 가치들의 조합이고 성별이나 연령, 빈부에 따른 차별 없이 교육받을 권리를 보장하는 것이 공교육의 역할이기도 합니다. 하지만 다른 말로 하면 학교는 모든 학생에게 주어진 역할만 다할 뿐 학생 개개인에게는 신경 쓰지 않는다는 뜻이기도 합니다. 학교가 인도하는 대로 잘 따라오면 좋지만 조금이라도 뒤처지면 멱살이 잡혀서라도 끌려가죠. 안 따라가겠다고 하면 엇나간다고 손가락질받습니다. 집단의 기에 눌리고 그 요구에 맞추기 급급해 '나'에 둔감해집니다. 당연하지 않은 것들이 일상이 돼버립니다.

학생 한 명 한 명은 저마다 생각도 특성도 다르지만 학교는 모두를 똑같이 대우합니다. 같은 옷을 입고 같은 길이로 머리카락을 자르고 같은 장소에서 같은 지식을 익힙니다. 학교의 목적은 가장 효율적인 방법으로 인재를 양성하는 것입니다. 춤 실력만으로 한 사람을 평가하는 게 불가능하듯 하나의 변수로 사람의 값어치를 파악하는 것도 무리입니다. 하지만 시스템상 학교는 성적만으로 학생을 판단합니다. 그러려면 반드시 순위가 필요하고 이를 가리는 가장 쉬운 방법은 학생의 역량을 수치 데이터로 치환해 평가하는 것입니다. 이 수치 안에서 남들만큼은 하니까 혹은 평균은 넘으니까 어떻게든 잘 풀릴 거라는 막연한 믿음에 사로잡힙니다.

시스템을 이탈한 지 2년이 다 돼가는 지금, 단언컨대 저는 훨씬 의미 있는 삶을 살고 있습니다. 표준화된 시험을 보면 재학생에 비해 낮은 점수가 나오겠지만 저라는 사람을 더 잘 이해하고 있고 스스로 인생을 설계해 나가고 있습니다. 가끔 제 모든 행동을 온전히 제가 책임져야 한다는 사실과 주변의 관심이나 기대에 부응해야 한다는 생각에 부담될 때도 있지만 이제는 망설이지 않고 행복하다고 자신 있게 외칠 수 있습니다. 그 행복에 어떻게 도달했느냐고요? 그 과정을 차차 들려드리려고 합니다.

너를 보여줘 1

너른 우주를 산책하는 코스모

Q 자기소개를 해주세요.

↳ 안녕하세요! 코스모(가명)입니다. 2022년 열아홉 살이 됐고 현재는 캐나다의 칼리지에서 유학 생활 중입니다. 열정적으로 좋은 음악을 감상하는 것을 좋아하고 팝송 가사에 푹 빠져 팝송 번역 블로그를 운영하고 있습니다.

Q 학교는 언제, 어떤 계기로 나왔나요? 나올 때 미래 계획이 있었나요?

↳ 저는 중학교를 졸업하자마자 교환학생 프로그램에 참여해 미국 고등학교에서 약 9개월간 공부했어요. 교환학생 프로그램이 끝나면 캐나다로 가서 고등학교를 졸업하고 대학교나 칼리지에 다니려고 계획했었죠. 하지만 코로나19로 이 계획이 무산되고 교환학생 생활 역시 끝마치지 못한 채 한국에 돌아왔습니다. 그때가 2020년 11월이었으니 한국 나이로 열일곱 살이었네요.

한국에 돌아온 뒤 다시 일반고등학교에 진학했지만 수능을 치고 대학을 가는 코스는 정말 상상도 하기 싫었습니다. 실생활에서 적용하기 어려운 개념으로 가득 찬 수능과 그 점수에 따라 결정되는 대학에 10대 후반을 바치고 싶지 않았거든요.

학교에서의 인간관계도 스트레스였습니다. 한국은 대체로 남이 뭘 하는지에 과도한 관심을 보이고 다수 의견에 따르지 않으면 철저하게 편을 가릅니다. 학생들 사이에 벌어지는 은근한 기 싸움에 에너지를 낭비하는 것도 너무 비효율적이었어요. 게다가 저는 오래전부터 유학을 꿈꿔왔기에 캐나다의 칼리지에 입학하는 것을 목표로 고등학교를 나왔습니다. 자퇴에는 나름 큰 위험 요소가 있는 만큼 철저하게 계획을 세웠습니다. 성격상 무계획은 있을 수 없는 일이기도 했고요.

학교를 나온 뒤에는 어떤 활동을 했나요?

유학을 위한 절차를 하나하나 밟았어요. 영어 시험[IELTS]과 검정고시를 보고 진학하고자 하는 대학의 입학 항목인 12학년 수학 코스를 이수하고 비자 신체검사를 받았죠. 짧게 온라인 판매도 해봤고요. 포토카드 등을 꾸미는 데 쓰는 탑로더를 구매해 네이버 스마트스토어에서 판매했는데 좋은 경험이었습니다.

또 4개월가량 어린이들 영어 유치원 숙제를 도와주는 아르바이트를 했어요. 그 외에는 학교 밖 청소년을 위한 활동에도 열심히 참여하고 칼리지에서 배울 것들을 예습하며 지냈습니다.

Q 현재 유학 생활은 어떤가요?

└→ 저는 토론토에 있는 칼리지에서 데이터 사이언스를 공부하고 있어요. 캐나다에 온 지 이제 막 한 달이 넘어가네요. 조금씩 적응해 나가고 있습니다. 최근엔 '뮤직매치Musixmatch'라는 노래 가사 앱을 알게 돼 팝송 가사를 한국어로 번역해 등록하는 데 열을 올리고 있어요.

Q 이미 완벽히 적응한 것 같은데요? 학교 밖 청소년으로 생활하면서 가장 좋았던 점은 무엇인가요?

└→ 제가 제 인생의 주도권을 갖게 된 점이 가장 좋았어요. 자유라는 가치는 제 인생에서 큰 비중을 차지하는데 제가 배우고 싶은 걸 배우고 스스로 스케줄을 정하고 만나고 싶은 사람을 언제든 만날 수 있는 게 행복인 것 같아요.

Q 반대로 가장 힘들었던 점은 무엇인가요?

└→ 생활 패턴이 깨지기 쉽다는 점이요. 규칙적으로 생활하다가도 쉽게 해이해져 게으르게 살게 되는 것 같아요. 그리고 또래를 많이 만나지 못하는 것도 단점이에요. 학교에 다니지 않으면 만나는 사람 수도 줄어들고 또래 친구를 만들기가 힘들어요.

Q 자주 이용하거나 도움받은 학교 밖 청소년 지원이나 서비스가 있나요?

↳ 가장 도움이 된 건 '친구랑'이에요. 서울특별시교육청 학교 밖 청소년 도움센터인데 매달 5회 이상 수업에 참여하면 나이에 따라 교육 참여수당을 받을 수 있어요. 저는 고등학생 나이라 20만 원씩 받았고 유용하게 잘 사용했어요. 점심을 해결해 준 고마운 지원금이었답니다. 생각해 보니 정말 대부분 먹는 데 썼네요(웃음). 지원금 외에도 좋은 경험을 할 기회가 많았어요. 한번은 청소년 작가 프로젝트에 참여해 단편소설을 두 편 썼어요. 함께 참여한 친구들의 글을 모두 모아 소장본으로도 출간한다고 해요.

또 공릉청소년문화정보센터에서 매년 2회씩 진행하는 '나로프로젝트'도 추천해요! 원하는 주제를 골라 지원금으로 프로젝트를 실행하며 달마다 정기모임을 통해 활동 과정을 나누는 프로그램입니다. 제가 원하는 프로젝트를 추진해 볼 수 있을뿐더러 또래 친구를 만들 좋은 기회기도 합니다. 저는 이 프로젝트에 총 3번 참여했는데 아이돌 덕질 해보기, 나만의 향수 만들기 그리고 유학 가기 전 친구와 추억 남기기를 주제로 정했었어요.

Q 학교 밖 생활과 관련해 질문을 하나 더 드리고 싶습니다. 학교에 다니지 않는다는 이유로 곤란했던 경험이 있나요?

↳ 놀랍게도 한 번도 없답니다! 제가 자퇴를 했다고, 학교에 다니지 않

는다고 안 좋은 시선으로 보는 사람은 운 좋게도 만나지 못했어요. 제가 학교에 다니지 않는다고 당당하게 드러낸 것이 한몫했다고 생각해요.

Q 과감하게 학교를 나오고 캐나다 유학까지 갔는데 이를 통해 꼭 이루고 싶은 꿈이나 목표가 있나요?

↳ 전 세계 노래 가사의 내용을 단서로 원하는 곡을 찾아주는 온라인 플랫폼 대표가 되는 것이 가장 큰 목표입니다. 이를 통해 경제적 자유를 이루고 하고 싶은 일을 전부 할 수 있는 환경을 갖추는 것도요. 이 목표에 도전하기 전에 스포티파이 같은 IT와 음악이 융합된 산업의 데이터 관련 직군에서 일해보려고 해요. 또 이루고 싶은 건 진정한 사랑 찾기. 친구로서의 사랑은 이미 만났고 연인 · 배우자로서의 사랑을 꼭 찾게 됐으면 좋겠어요.

Q 분명 모든 목표를 달성할 수 있을 거라 믿어요! 학교를 나오는 것을 고민하는 청소년에게 해주고 싶은 말이나 꼭 알려주고 싶은 정보가 있나요?

↳ 자퇴는 결코 가벼운 일이 아니에요. 학교를 나오는 순간 모든 선택은 내 손으로 해야 하고 그 선택에 따른 결과도 고스란히 본인 몫입니다. 따라서 학교를 나온 후의 계획을 미리미리 세워둔 다음 그 생각을 행동에 옮기길 바라요. 하지만 학교에 다닌다고 해도 이런 시기는

반드시 찾아옵니다. 우리는 그 삶을 조금 더 빨리 경험하는 것뿐이에요. 겁먹을 필요 없어요! 이 책을 읽고 있다면 충분히 해낼 수 있을 거예요. 학교를 나온 친구, 나오려고 고민하는 친구 모두 파이팅이에요. 당신의 앞날을 제가 응원할게요!

이제 인터뷰를 마무리하려고 해요. 마지막으로 전하고 싶은 말이 있나요?

└→ 음, 음악에 열정적인 만큼 노래를 추천해 주고 싶네요! 영화 〈라라랜드〉 OST인 〈어나더 데이 오브 선Another Day of Sun〉을 꼭 들어보세요. 제 인생 OST라고 할 만큼 사랑하는 곡이에요. 학교 밖 생활이나 유학과 관련해 고민이 있거나 궁금한 점이 있어 도움을 받고 싶은 분 아니면 단순히 저와 친해지고 싶은 분은 언제든지 이 주소(somnium_lupus@naver.com)로 이메일 보내주세요!

2장

학교는 변하지 않는다

1등은 행복할까요?

"너는 왜 공부해?"

질문은 쉽지만 대답은 참 어렵습니다. 사실 이 질문을 받기 전까지는 스스로 그 이유를 생각해 본 적이 없었습니다. 학교 가서 수업을 듣고 숙제를 하고 시험을 보는 것은 밥 먹듯이 당연한 일상이었습니다. 미취학일 때는 어린이집과 유치원을 다니다 여덟 살이 되면 초등학교에 가고 그 6년 후에는 중학교, 다시 3년 후에는 고등학교, 또 3년 후에는 대학교에 진학하는 것이 정해진 절차니까요. 그게 '맞는 길', '당연한 길'이고 다른 길은 권장되지 않죠.

현재 우리나라에서는 최상위권 중학생만이 상위권 고등학교에 진학하고 상위권 고등학교에서도 최상위권 고등학생만이 명문 대학교에 진학합니다. 반드시 높은 성적을 받아야만 이름 있는 대학과 직장에 들어갈 수 있죠. 공부를 못하는 학생들은 학교생활이 피곤해집니다. 친구들이나 선생님에게 무시당하고 학교 평균을 깎아내리는 골칫거리로 취급됩니다. 아직 재능을 꽃피우지 못한 것일 뿐인데도 노력해도 안 되는 부류로 낙인찍힙니다. 한편 평균 가까이 몰려 있는 학생들은 그 무리에서만 우위를 따집니다. '이 정도면 나쁘지 않지', '그래도 쟤보다는 내가 잘해' 이렇게 합리화합니다. 한참 위에는 한 문제도 틀리려고 하지 않는 상위 1퍼센트가 존재하는데 말이죠. 열심히 싸우는 닭들 위로 고고히 날아가는 학이랄까요. 하지만 여기서 질문하고 싶습니다. 과연 1등은 행복할까요?

한국 학교의 혹독한 교육을 견뎠을 뿐 아니라 최고의 성적을 거뒀다는 건 대단한 일이고 이에 따라 이들이 선택할 수 있는 미래의 폭은 눈에 띄게 넓어집니다. 평균과 평균 이하 학생들은 꿈도 꾸지 못할 직업들이 눈앞에 펼쳐지죠. 그런데 과연 1등은 늘 자신이 원하는 길을 선택할 수 있을까요? 고고미술사학과 컴퓨터공학과 중 전자에 더 끌린다고 했을 때 가족과 학교 선생님들이 그의 선택을 응원해 줄까요? 행복한 미래를 위해 열심히 공부라는 길을 달리는데 어째선지 1등에게도 항상 원하는 길을 선택할 자유는 없습니다. 결국 성적에 따라 정도의 차이는 있겠지만 개개인의 정체성이 무시되는 것은 매한가지입니다.

학교는 '네가 좋아하는 것'은 취미일 뿐이고 '현실적'으로 생각해 입시와 취업에 전력하라고 말합니다. 누군가 '꿈'을 물었을 때 미래 전망이 좋은 직업을 말하지 않으면 상대는 제가 한심하다는 기색을 비치거나 함부로 인생에 참견하며 조언하길 주저하지 않습니다. 아니, 이제 겨우 10대라고요. 지금은 대한민국이 아니라 세계와 경쟁하는 시대라면서 실상 한길만 강조하면 모순이잖아요. 창의, 경쟁, 도전, 자유를 외치면서 정답을 강요하는 건 도대체 무슨 논리인가요?

"아무 걱정하지 말고 넌 공부만 해라."

"꼭 좋은 대학 나와서 좋은 데 취직하렴."

학교는 오랜 세월 우리에게 성실히 공부하는 모범생이라는 하나의 정체성을 강조해 왔습니다. 권위적이며 일방적인 방식으로 규율하고 가르쳤습니다. 심지어 1등조차 갈 길이 정해져 있는 지금의 공교육에서는 아무도 스스로 원해 공부하지 않고 그저 해야 하기 때문에 몇 시간이고 딱딱한 책상 앞에 앉아 있습니다. 진정한 공부는 본인의 의지와 선택에서 비롯돼야 하는데 배움의 의미는 이유 모를 '순공' 시간에 파묻힙니다. 이렇게까지 힘들게 책을 붙들어야 하는 이유라도 알면 좋을 텐데 그 누구도 생각해 볼 시간을 주지 않습니다. 게다가 멈출 수도 없습니다. 목적지까지 걸리는 시간 12년, 공교육 열차에는 브레이크라는 것이 없거든요.

고개를 아주 조금만 옆으로 돌려 시야를 확장했으면 합니다. '좋은 직업'이 꼭 사회적 서열이 높은 직업일 필요는 없으며 한 가지일 필요도 없습니다. 유튜브만 봐도 대기업에 다니지 않고도 잘 먹고 잘사는 사람들을 볼 수 있습니다. 그런 유명 크리에이터와 창업가는 모두 극소수 엘리트 아니냐고요? 오히려 아무 자본도, 요령도 없는 상태로 시작하는 경우가 많습니다. 잘나서라기보다 일찍이 자신의 정체성과 강점을 발견하고 이를 시대 흐름에 민첩하게 접목해 확고한 목표와 방향을 설정했기에 가능한 일이었을 것입니다.

얼마 전까지만 해도 명문고, 명문대, 대기업으로 이어지는 공식은 우리 사회의 맹목적 신앙이었습니다. 하지만 세상은 빛의 속도로 변했고 이 공식은 더는 유효하지 않습니다. 그렇다면 인재상도 교육과정도 학교도 변해야 마땅한데 놀라울 정도로 달라진 것이 없습니다. 학교 건물도, 책상 배열도, 교과서도 20년 전과 크게 달라지지 않았습니다. 대한민국이 해방된 지 77년이나 지난 지금 시대를 가장 잘 반영해야 할 학교가 도리어 가장 구태의연합니다.

우리는 학교 성적만이 인생을 좌우하진 않는 21세기에 살고 있습니다. 그렇다면 학교가 달라져야 합니다. 성적으로 학생을 판단하는 것도 모자라 1등의 행복까지 빼앗는 곳이 아닌, 진정한 의미의 배움을 경험하게 해주는 곳으로요. 우리는 지금 이 순간, 이곳에 있는 목적이 무엇이고 이 교육을 통해 무엇을 얻을 수 있는지 그리고 나는 어떻게 살고 싶은지 주체적으로 생각할 수 있어야 합니다. 이에 대한 자신만의 해답을 찾을 수 있도록 안전하게 헤매고 실패해 볼 자유를 주는 것이 진짜 학교의 역할 아닐까요?

'생기부' 아닌 '기생부'

제가 중학교에 입학한 순간부터 졸업할 때까지 선생님들은 모두 '생활기록부'(이하 생기부)를 강조했습니다. 생기부는 학생의 전반적인 학업성취도와 인성을 관찰하고 평가한 사항을 상급학교 진학을 위해 정리해 두는 학생 자료 모음집입니다. 기본적으로는 성적과 수업 참여도에 따라 학생별로 조금씩 다른 한 줄 평가를 적고 학교에서 필수로 요구하지 않는 활동을 하면 기타 실적이 추가됩니다. 예를 들어 교내 대회에서 수상한다거나 학급 임원을 한다거나 기본 시간 외 봉사 활동을 하면 생기부가 늘어나는 식이죠. 학생의 의무는 이 생기부를 최대한 높은 성적과 다양한 활동으로 채우는 것입니다.

상위권 고등학교, 대학교를 노린다면 반드시 생기부가 탄탄해야 합니다. 따라서 중학 생활 내내, 특히 중3이 되면 선생님들은 눈에 불을 켜고 생기부를 강조하며 성적이 조금 부족하다 싶은 학생들에게 한 줄이라도 더 써줄 테니 독후감 좀 써 오고 봉사 활동 좀 팍팍 채우라며 지겨울 정도로 권고합니다. 완벽한 생기부를 만들어 주겠다고 컨설팅을 해주는 사람도 있습니다. 이 정도면 생활을 기록하는 게 아니라 기록하기 위해 생활하는, '생기부'가 아니라 '기생부'입니다.

실제로 대다수 학생은 스스로 관심이 있거나 뚜렷한 목표가 있어서가 아니라 '생기부에 남겨야 하니까', '많이 쓰는 게 좋다고 해서' 혹은 '친구가 권했는데 거절하기 어려워서' 다양한 교내 활동을 시도합니다. 특히 1~2학년 때 꿈과 진로를 찾지 못한 채 3학년이 될 경우 '2년 동안 쌓은 실적이 딱히 없는데 어떡하지?' 하는 조급한 마음에 아무 의미 없는 동아리를 만들고 시간을 낭비합니다. 어떻게든 실적을 올리기 위해 학년 전체가 최면에 걸린 듯 갑자기 책을 읽고 봉사 활동을 합니다.

저도 그 많은 학생 중 하나였습니다. 선생님들 말을 듣고 막연하게 생기부가 중요하구나 싶어 1학년 때 과학 칼럼 동아리를 시작해 보기로 했습니다. 어느 날 오전 특별 수업으로 칼럼에 관해 배웠는데 선생님이 꾸준히 칼럼을 읽고 정리하면 큰 자산이 될 거라고 했기 때문입니다. 정말로 그렇게 될지 어떨지는 몰랐지만 이 분야를 조금 더 탐구하고 싶다는 생각이 들었습니다.

같은 날 점심시간, 저는 친구들과 함께 선생님을 찾아가 칼럼 동아리를 만들고 싶다고 말했습니다. 새로운 동아리를 만들 때 무엇을 준비해야 할지, 주의할 점은 무엇인지, 칼럼 동아리가 실제로 어떤 도움이 될지 등 구체적으로 조언을 해주시리라 기대했습니다. 그런데 선생님은 귀찮다는 듯 과학을 할 건지, 역사를 할 건지 당장 분야를 정하라고 재촉했습니다. 어떻게 해야 할지 몰라 머뭇거리다 급한 마음에 과학 칼럼 동아리를 만들겠다고 답했고 선생님은 몇 줄 휘갈긴 종이를 건네며 담임 선생님에게 전달하라고 했습니다. 며칠 뒤 우리는 일주일에 한 번씩 도서관에서 2시간가량 과학 칼럼을 읽고 요약하는 동아리 활동을 하고 있었습니다.

사실 우리 4명 다 과학을 좋아하지는 않았습니다. 특히 소설을 좋아하는 저는 과학과 거리가 멀어도 한참 멀었습니다. 하지만 선생님을 찾아갔을 당시에는 추천서를 써줄 테니 귀찮게 하지 말고 얼른 가라는 인상을 강하게 받아 뒤늦게라도 동아리 활동 방향을 바꾸고 싶다고 요청할 엄두가 나지 않았습니다. 돌이켜 보면 학생이 자율적으로 배움의 주제를 정해 운영하는 것이 동아리 활동이니 당연하게 요구할 수 있는 권리인데 말입니다.

일단 동아리를 만들고 보니 생기부에 기록되려면 36시간 이상 활동을 채워야 한다는 식의 조건이 여럿 따라붙었습니다. 애초에 동아리 활동에 대한 안내가 없었기 때문에 그냥 마음이 맞는 친구들끼리 모여 활동하기만 하면 되는 줄 알았는데 말입니다. 방송부나 댄스부, 학생회처럼 큰 동아리 외에는 이전부터 개설된 동아리를 접할 방법이 없을뿐더러 동아리별 예산도 너무 적어 활동 자체에도 많은 제약이 따랐습니다. 대충 간식을 한두 번 사 먹을 수 있는 정도의 돈이라 외부 활동은 기획조차 할 수 없었습니다. 하지만 결정을 무를 수는 없었기에 울며 겨자 먹기로 친구들과 매주 만나 칼럼을 요약하며 출석 '인증' 사진을 남겼습니다. 시작하기 전 설렘은 온데간데없고 아무런 즐거움도 남지 않았습니다. 게다가 칼럼 수업을 해준 선생님과는 처음 동아리를 만들기 위해 찾아간 이후 단 한 번도 교류가 없었습니다. 일단 배운 대로 하고는 있었지만 칼럼 동아리를 해보는 건 모두 처음이다 보니 우리가 제대로 하고 있는지 의문이 들었습니다. 이때 충분하다, 잘하고 있다 칭찬이라도 받았다면 더 확신을 갖고 즐겁게 임했을 테고 부족한 부분을 찾아 방향을 잡아나갔다면 36시간이라는 시간을 더 알차게 활용할 수 있지 않았을까요. 권유는 했지만 활동 과정은 안중에 없는 듯한 선생님의 태도를 보고 저는 굳게 결심했습니다.

'아, 내년에는 하지 말아야지.'

하지만 2학년 1학기가 되기 무섭게 시사 이슈 칼럼 동아리를 만들고 싶은데 한 명이 부족하다며 와줄 수 없겠냐는 친구 부탁에 못 이겨 그 결심을 깨버렸습니다. 모임 하루 전날 대충 긁어놓은 기사를 읽고 요약하고 없는 소감을 서너 줄 쥐어짜는 게 얼마나 고역인지 알고 있었는데 도대체 왜 그랬을까요. 차라리 그 시간에 집에서 좋아하는 책을 읽는 것이 더 생산적이었을 텐데 말이죠. 영혼도 의미도 없는 활동을 2년이나 하고 나서야 거절할 용기가 생겼습니다. 3학년 때는 영어 관련 동아리를 제안받았지만 시간이 안 될 것 같다고 거짓말했습니다. 조금 양심의 가책을 느꼈지만 더는 흥미 없는 활동에 시간을 쓰고 싶지 않았습니다.

물론 모든 학교가 이렇지는 않을 것입니다. 또 모든 학생이 저 같지도 않을 것입니다. 하지만 저는 동아리 활동의 질보다 양을 중시하는 학교 문화가 학생의 자유로운 활동을 억압한다고 느꼈습니다. 본래 동아리 활동의 목적은 학업 외 관심사를 발굴해 학생의 자율성과 주체성을 키우는 것입니다. 하지만 학교가 이를 생기부 한두 줄을 위한 수단으로 활용하니 학생도 본연의 의미를 깨닫지 못합니다. 결국 엇비슷한 활동만 하며 엇비슷한 기록을 남기는 셈입니다. 아무리 지망하는 고등학교에 가겠다는 큰 그림이 있다 한들 원치 않는 활동에 시간을 투자하는 게 도대체 무슨 의미가 있을까요. 차라리 그 시간에 잠을 더 자면 키라도 더 클지 모릅니다.

아무리 좋고 바람직한 활동이라도 등 떠밀려 하면 의미가 없습니다. 오히려 지금 청소년에게 필요한 것은 무의미하고 단기적인 동아리 활동이 아니라 자신의 가치관을 정립하는 시간이라고 생각합니다. 학교가 동아리라는 활동을 더 의미 있게 만들고자 한다면 학생이 정말 관심 있는 분야를 찾고 그에 따른 활동을 이어갈 수 있게끔 지도하고 지원해 주는 과정이 필요하지 않을까요?

맛없는 독후감 레시피

제목: 《마당을 나온 암탉》

줄거리: 잎싹이는 닭장 속에 갇혀 있던 닭이다….

초등학생 아이들이 독후감을 시작하는 흔하디흔한 방법입니다. 간단하게 줄거리를 소개하고 가장 좋았던 장면이나 인물에 관해 쓴 후 전체 감상을 적는 것이 우리가 아는 전형적인 독후감입니다. 학교는 학생이 글을 쓸 수 있을 때부터 독후감 쓰는 방법을 가르쳤고 우리는 그에 따라 꼬박꼬박 독후감을 써왔습니다.

글을 처음 써서 막막할 때는 이런 양식이 유용합니다. 일종의 가이드라인인 셈입니다. 하지만 이 방식을 너무 애용한 결과 학생들이 중학교, 고등학교에 가서도 틀에 박힌 감상문만 찍어내는 현상이 생기고 맙니다. 빵 만드는 법을 가르쳐 준다면서 준비된 반죽을 오븐에 넣어보라고 하는 것과 다를 게 없습니다. 책을 읽고 감상하는 것은 자유로운 영역인데 말입니다. 어째선지 학년이 높아져도 글의 길이만 다소 길어질 뿐 형식은 달라지지 않습니다. 창작물에 '창의'가 빠져버립니다.

사실 전체 줄거리만 구구절절 늘어놓는 건 독후감이 아니라 단순 요약입니다. 창작물이라고 부를 수도 없죠. 하지만 수많은 반복 학습을 통해 지금의 독후감 형식이 고착됐고 '줄거리 + 인상 깊었던 부분 + 전체 감상'으로 이어지는 형식을 갖춰야만 비로소 독후감이 된다는 생각이 굳어졌습니다. 그야말로 맛없는 독후감 레시피인 셈입니다.

학교는 '독서 기록 양식'을 선택이 아닌 필수로 지정할 만큼 이 맛없는 독후감을 옹호합니다. 다른 학교는 어떤지 모르겠지만 제가 다닌 중학교는 모든 독후감을 하나의 양식에 맞춰 내야만 했습니다. 분량은 1쪽, 줄거리 일곱 줄, 인상적인 부분과 그 이유 네 줄, 느낌 및 감상 네 줄, 이 책이 내 삶에 미친 영향(내게 주는 의미 및 교훈) 네 줄 이상이 그것입니다. 물론 행수를 정확히 지켜야 하는 것은 아니었지만 창의라고는 전혀 찾아볼 수 없는, 그저 생기부 같은 편한 기록 양식이었습니다. 국어 시간의 감상문 쓰기 수행평가조차 이 양식을 토대로 점수를 매겼습니다.

중학교 3학년 때 한번은 독후감을 자유 형식으로 써도 되는지 선생님께 여쭤본 적이 있습니다. 형식적인 글이 아닌 온전히 제 생각이 담긴 글이 쓰고 싶었습니다. 허클베리 핀이 자신의 모험을 통해 무엇을 얻었는지, 햄릿과 오셀로를 분석해 무엇이 비극을 만들고 또 인생에 그런 비극이 닥치면 어떻게 대처해야 하는지, 조지 오웰의 《동물 농장》에서 돼지 나폴레옹은 왜 충실한 말 복서를 도살업장으로 보냈는지 그리고 데미안이 정말 '악'인지 쓰고 싶었습니다. 양식을 신경 쓰지 않고 제 생각을 철학적으로 고찰하고 싶었지 빈칸을 온통 줄거리로 채우고 거짓으로 감흥 없는 상투적 표현을 짜 맞춘 글은 쓰고 싶지 않았습니다. 하지만 돌아온 대답은 "안 된다"였습니다.

"쓰고 제출하는 건 자유지만 행정상 어려움으로 생활기록부에는 적어줄 수 없어."

선생님의 말씀은 짧고 단호했습니다.

그 뒤로 저는 필수가 아닌 독후감은 일절 제출하지 않았습니다. 본래 학생이 배우기 쉽게 하려는 의도로 기본 양식을 만들었지만 편리성에만 매몰돼 창의성은 필요없어졌습니다. 기본 반죽 외에 다른 재료를 더하면 '다른 빵'이 탄생하므로 평가 기준도 달라져야 하고 심사도 복잡해지거든요. 학생들의 글을 하나하나 읽는 게 쉽지 않을뿐더러 생기부에 기록하는 것도 번거롭습니다. 결국 커스텀 빵집을 대량생산 공장으로 바꿔버린 셈입니다. 학생이 스스로 뭔가를 창작하고 싶다는데 학교에서 대놓고 공장을 자처하고 레시피가 다른 빵은 만드는 것조차 금지해 버리다니 절박하게 외치고 싶었습니다. '저는 생기부 한 줄을 위해 마음에도 없는 말을 지어내고 싶지 않아요!'

책을 읽고 나서의 생각은 저마다 다를 텐데 학교에서 강조하는 독후감은 정해진 틀에서 나온 엇비슷한 인상과 교훈뿐입니다. 모두가 하나의 인상, 하나의 교훈을 얻는다는 것은 결코 상식적이지 않습니다. 모든 책이 내 인생에 특별한 영향을 미칠 수는 없습니다. 의미를 찾을 수 없는 책도 존재합니다. 하지만 그런 생각을 곧이곧대로 적을 수도 없습니다.

어른들은 요즘 학생의 문해력이 낮다며 혀를 차지만 동시에 학생이 자기 생각을 자유롭게 풀어내지 못하게 막고 있습니다. 본디 문해력이란 글을 읽고 종합적으로 해석해 생각을 조리 있게 표현하는 능력이고 이를 기를 수 있는 방법 중 하나가 바로 독후감 쓰기입니다. 그런데 학교는 시간을 들여 문해력을 키워주기는커녕 독후감을 평가 방식의 하나로만 전락시키고 나머지는 학생 개개인의 문제로 전가합니다.

학교에 다시 한 번 묻고 싶습니다. 우리는 무엇을 위해 책을 읽고 독후감을 쓰나요?

봉사 성적이 봉사 정신을 기른다?

봉사 활동은 가외 활동으로 채우는 생기부와 달리 '기본 시간'을 채워 실제 점수에 반영하는 필수 영역입니다. 그래서 성적이 우수하더라도 봉사 시간이 모자라면 학기 말 총점수에서 점수가 깎입니다. 매 학년 2학기만 되면 선생님들은 기본 봉사 활동 시간을 아직 채우지 않은 학생들에게 빨리 아무거나 신청하라면서 재촉하고 어떻게든 빠듯하게 채워오는 학생이 있는가 하면 끝까지 채우지 않아 선생님을 애태우는 학생도 있었습니다.

돌이켜 보면 저는 3년 내내 세상에서 가장 영혼 없이 봉사 활동을 했습니다. 정해진 시간을 채우지 못하면 연말 성적에 치명적이니 시험공부하듯이 의무적으로 말이죠. 도덕 성적은 늘 90점대 후반이었는데 참 이상하지 않나요? 분명 처음에는 필수 8시간이 아니라 두 배 이상인 18시간을 채우겠다는 패기로 중학 생활을 시작했습니다. 하지만 자원봉사 포털인 1365에 들어가 아무리 찾아봐도 중학생은 행사 보조나 도서 정리 정도밖에 할 수 있는 일이 없었습니다. 실제 사람과 마주하는 일은 성인만 가능했죠. 제 의지와는 무관하게 나이가 어리다는 이유로 제약도 많았고 그나마 가능한 활동마저도 필수 시간을 채우라고 일부러 마련한 듯했습니다. 어차피 다 짜고 치는 고스톱인데 굳이 발 벗고 열심히 할 필요가 있을까 싶었습니다. 원하는 봉사 활동은 신청조차 못하는데 하는 일은 별로 없으면서 한 번에 4시간씩 팍팍 쳐주는 활동만 쏙쏙 찾아서 신청하면 되죠, 뭐.

더 모순적인 것은 매년 실시하는 봉사나 이웃 나눔에 관한 특강이었습니다. 원래 필수 봉사 시간이 16시간인데 그중 절반인 8시간은 학교에서 영상과 PPT로 따뜻하고 헌신적인 마음을 학생들 대신 채워줬습니다. 물론 수업을 듣는 학생은 아무런 감흥이 없었습니다. 안 그래도 한창 사춘기에 접어들 시기인데 서가 정리나 행사장 뒷정리를 하며 도대체 무슨 보람을 느낄까요. 아무래도 이래서 제가 도덕 만점을 못 받았나 봅니다. '싫다'까지는 아니지만 분리수거를 평소보다 한 번 더 하게 된 것 같은, 딱 그 정도의 성가심을 느꼈습니다. 원래 봉사는 기꺼이 하는 일인데 뭔가 잘못돼도 한참 잘못돼 있었습니다.

중학교 3학년 때는 코로나19로 인해 학생들이 자원봉사 시간을 채울 방법이 없어지자 온라인 봉사 교육을 봉사 시간으로 인정해 주는 경우도 생겼습니다. 하지만 애초에 의미 있는 자원봉사 기회가 없는데 봉사 정신은 왜 교육하는 걸까요? 제게는 봉사가 그저 숙제고 짐이었습니다. 문득 궁금해졌습니다. 정말 학생이 할 수 있는 일이 그렇게 없을까? 왜 청소년이라는 이유로 어린이집에서 자원봉사를 하지 못하고 초등학생의 학습을 도와주지 못할까? 게다가 학교가 채워주는 봉사 시간에는 항상 소감문 작성이 포함돼 있었는데 이는 독후감과 마찬가지로 답이 정해져 있는 글이었습니다. '누군가에게 조금이나마 도움이 될 수 있어 기쁘고 뿌듯했다, 다음에도 이런 기회가 있으면 꼭 신청해야겠다….' 매번 판에 박힌 문장을 앵무새처럼 되풀이했습니다. 마치 암기 과목 시험을 보듯이 말이죠.

미국 대학에서는 봉사community service가 학생의 입학 여부를 결정하는 요소 중 큰 비중을 차지합니다. 명문 대학에 합격한 학생들의 고등학교 생활을 들여다보면 모두 자신의 재능을 살려 누군가에게 나눠준 적이 있다고 합니다. 밴드를 만들어 노인들에게 무료 공연을 했다거나 옷을 팔아 모든 수익을 난민에게 기부하는 등 한국 학생에게는 불가능에 가까운 일을 합니다. 이들에게는 언제나 기회가 열려 있는 환경, 즉 스스로가 학교를, 지역을, 더 나아가 세계를 바꾸고 싶다는 마음이 자랄 수 있는 환경이 마련돼 있다고 볼 수 있습니다.

이에 반해 대한민국 공교육은 공부해서 얻어내는 우수한 성적과 이름 높은 학교를 사회 발전과 봉사보다 우선시합니다. 어른들은 사회에 공헌하면 항상 뿌듯함과 보람이 뒤따라온다고 하는데 도대체 어떤 '봉사'를 해야 그런 헌신적인 마음이 생겨나나요? 제가 부도덕한 걸까요 아니면 교육이 잘못된 걸까요?

'봉사 정신'에 관한 영상을 백날 틀어주는 것은 그 현장을 한 번 경험하는 것의 10분의 1에도 미치지 못합니다. 만약 학생에게 진정한 봉사 정신을 가르치고 싶다면 스스로 사회 속으로 뛰어들 수 있도록 길을 열어줘야 하지 않을까요?

직업체험도 선착순

"하아…."

항공기 조종사, 환경영향평가원, 조각가, 아트테라피스트, 조향사, 건축공학 기술자…. 아는 직업과 모르는 직업 그리고 이름에서 어렴풋이 짐작은 가는 직업이 두서없이 섞여 있는 긴 표를 들여다보다 한숨이 절로 나왔습니다. 다음 달 학교에서 진행될 직업체험에서 원하는 직업을 선택해야 했기 때문입니다. 직업마다 일일이 확인해 볼까 하다 이내 포기했습니다. 어차피 2개밖에 못 고르는데 다 알아서 뭐 하나요. 직업명 옆에 적힌 각 직업체험의 신청 가능한 최대 인원수로 자연스럽게 시선이 옮겨 갔습니다. 2명, 5명, 8명…. 바리스타나 제빵사, 무용원 같은 직업을 빼면 10명을 넘는 직업이 없습니다.

주위를 둘러보니 벌써 친한 아이들끼리 어떤 직업을 신청할지 서로 약속하고 있었습니다. 예상대로 여학생은 대부분 바리스타나 제과제빵, 공예 위주로 택했고 남학생은 축구나 농구 등 운동 계열을 택했습니다. 애초에 항공기 조종사 같은 직업을 골라놓고 2시간 동안 자리에 앉아 PPT 강의를 듣느니 재미라도 선사해 주는 실습형이 더 끌리기 마련입니다. 열심히 몸을 움직이거나 귀여운 조형물을 가져가거나 달콤한 디저트를 먹을 수 있으니까요. 하지만 실습형 체험 자리는 많아야 50~60개 정도밖에 없는 반면 우리 학년 총학생 수는 약 300명이었습니다. 저는 신청 사이트에서 클릭 전쟁을 치른 다음 날 운이 좋지 못한 80퍼센트 아이들의 통곡 소리가 들리리라 예상했고 그 예상은 보란 듯이 적중했습니다.

실습 위주의 예체능 분야가 아닌 사회복지나 이공계 분야는 대개 PPT 수업이 진행됩니다. 수업 내용은 순서를 들어도 잘 모르겠는 이력을 한참 나열한 다음 인터넷에서 쉽게 찾을 수 있을 만한 설명을 하는 식으로 대부분 비슷비슷합니다. 운 좋게 강의를 잘하는 강사분이 배정되면 그럭저럭 들을 만하지만 그렇지 못한 경우도 많아 매번 꾸벅꾸벅 졸게 됩니다. 학생으로서는 재미도 없고 얻는 것도 별로 없죠. 직업이 다양한 것은 좋지만 이를 체험할 방법이 너무도 한정적이고 그마저도 며칠이면 잊힐 가능성이 큽니다.

클릭 전쟁에서 승리해 일러스트레이터, 조향사, 제빵사 체험이 걸린다 해도 영양가 없기는 마찬가지입니다. 매번 뭔가를 그리거나 만들라고 하는데 집 근처 공방에만 가도 수업료를 내면 해볼 수 있는 것을 과연 직업체험이라고 할 수 있을까요? 차라리 본인의 사업 경험담을 들려주며 수익을 내기까지 거쳐야 했던 과정을 가르치는 것이 진정으로 직업을 '체험'해 보는 데 가까울지 모릅니다. 게다가 정작 학교는 그 자신이 20년 뒤 사라지리라고 낙인찍은 직업(예: 스포츠 심판, 플로리스트, 항해사)을 여전히 체험 목록에 포함하고 있습니다. 결국 학생의 미래를 진지하게 고려하지 않은, 다양성이라는 허울 좋은 구색을 맞추기 위한 것일 뿐입니다. 게다가 직업명으로 빽빽한 목록을 나눠주면서 정작 각 실습에서 정확히 무엇을 체험하게 될지는 알려주지 않습니다. 정말 듣도 보도 못한, 선생님들은 이게 정확히 무슨 직업인지 알까 싶은 직업도 껴 있지만 정 궁금하면 찾아보는 것은 각자의 몫입니다. 학교는 학생이 시간에 맞춰 체험 신청만 해주면 그만이니까요.

물론 많은 학생에 비해 적은 강사 수나 협소한 공간, 비용 제약 등 현실적인 문제도 고려해야 합니다. 하지만 정말 직업체험을 의미 있게 바꿀 방법이 없을까요? 만약 모든 제약을 무시하고 제가 직업체험을 기획할 수 있다면 투표나 익명 게시판 댓글 등을 활용해 학생들이 실제로 궁금해하는 직업을 적당한 수로 추려 활용 가능한 자원을 조금 더 밀집시킬 것 같습니다. 매주 학교로 해당 전문가가 찾아오는 1:1 진로 컨설팅 프로그램을 개설해도 좋을 것 같고요. 무엇보다 학생이 담당 선생님이나 강사를 한 번 만나고 끝나는 것이 아니라 정기적으로 배움을 나눌 수 있는 멘토 같은 사이를 조성하는 것도 중요해 보입니다.

탐구할 직업 세계가 무궁무진하다는 것은 좋은 일이고 어떤 식으로든 혼자라면 해보지 못했을 경험을 쌓는 일도 중요합니다. 청소년기에 자신이 무엇을 할 때 행복한지, 무엇에 재능이 있는지 알아보는 시간이 있어야 어른이 돼 나아갈 방향을 더 빠르게 찾을 수 있을 테니까요. 하지만 현재 학교가 제공하는 직업체험은 결코 도움이 되는 다양성은 아닙니다. 주어지는 직업 목록은 30~50개 정도로 많지만 그저 그 목록을 알려주기만 하는 것은 실용적이지 못합니다. 그런 정보는 인터넷 검색만으로도 알아낼 수 있으니까요. 무엇보다 각자가 정말로 원하는 직업이 무엇인지, 그 직업을 갖기 위해 학교에 다니는 동안 준비하고 갖춰야 할 자질과 소양은 무엇인지 한 번이라도 진지하게 고민하고 탐색해 볼 기회가 클릭 선착순으로 주어져선 안 됩니다.

다양한 직업을 강조하면서 정작 그 체험 방식에선 획일화된 학교. 어쩌면 모두가 좋은 성적으로 좋은 대학에 진학해 좋은 기업에 입사하면 된다는 획일화된 사회 뒤에 숨어 졸업하면 자신들의 손을 떠나버리는 학생들의 미래는 방관하고 있는 것 아닐까요?

체험과 오락 사이

중학교 1학년은 자유학기제 영향으로 시험, 즉 지필 고사를 보지 않습니다. 그래서 학교에서는 교내 또는 교외에서 진로 및 직업체험을 몇 차례 진행합니다. 교내 활동이라면 일부 수업 시간을 활용하고 교외 활동이라면 학교 수업을 모두 취소하고 교복 대신 사복을 입고 다 같이 버스로 이동합니다. 보통은 점심 식사 후 미리 신청한 체험 수업에 들어가는데 중학생은 3시, 아무리 늦어도 4시까지는 귀가해야 해서 실질적인 체험 시간은 길어봤자 3시간밖에 되지 않습니다.

3시간은 생각보다 짧은 시간입니다. 학교 수업 45분은 마치 달팽이처럼 기어가지만 놀 때의 같은 시간은 치타처럼 빠릅니다. 그 한정된 시간 동안 하나의 직업을 이해할 수 있을 리는 없습니다. 3시간 내내 강사와 활발히 소통해도 모자란데 진로체험 기관들은 반드시 체험 학생들에게 재미를 선사해 줘야 합니다. 결국 이리저리 바쁘게 움직이거나 뭔가를 뚝딱거리며 만들다 주어진 시간이 종료되죠. 게다가 체험 프로그램을 효율적으로 운영하려면 같은 시간 동안 최대한 많은 학생을 회전시켜야 하니 한 명에게 주어진 체험 시간은 보통 90분을 넘기지 않습니다. 재미마저도 충분히 누리기엔 부족한 시간입니다.

실제로 제가 진로체험관에서 해본 경호원 체험, 이미지 컨설턴트 체험, 바리스타 체험 등은 지금 떠올려도 정말 재밌는 시간이었습니다. 하지만 한 번도 그 시간이 직업을 구체적으로 알아가고 진정으로 진로를 탐색하는 활동이라고 생각되진 않았습니다. 하루가 지난 후 돌이켜 보면 열심히 논 것 외에 기억에 남는 건 없었습니다. 체험과 오락 사이 어딘가에 있는 청소년용 '키자니아'에 갔다 온 셈이랄까요.

학교는 시대에 발맞춰 변화를 시도한다면서 다양성과 자율성, 창의를 강조하며 자유학기제를 시행했고 이에 따라 진로라는 교과목과 주기적 진로체험이 학습과정에 추가됐습니다. 제도의 본질은 획기적이고 혁신적입니다. 하지만 앞에서도 진로가 필수과목일 때의 문제점을 지적했듯이 지금의 진로체험은 학생들의 선택권은 거의 없고 그저 정해진 시수를 이수하게 한다는 점에서 보통의 수업과 다를 바가 없습니다. 그저 조금 더 재밌는 놀이라는 점이 차이라면 차이일까요. 물론 놀이 역시 교육 방식의 하나로 활용될 수 있습니다. 단, 놀이를 통해 키워주고자 하는 능력이 무엇인지 그 목표는 명확해야 합니다. 과연 학교에서 진로체험을 기획하며 작성한 학습 목표가 이런 형식을 통해 얼마나 달성됐을지 궁금합니다. 본질이 아무리 새롭다 해도 이를 담는 틀이 낡았다면 내용 역시 제대로 기능할 수 없을 것입니다.

진로체험을 놀이공원으로 가는 현장체험학습처럼 잠시 답답한 학교를 떠나 약간의 자유를 누리는 시간이라고 생각한다면 그리 나쁠 건 없을지 모릅니다. 하지만 진로체험과 현장체험학습이 구분된 데는 이유가 있겠죠. 그렇다면 진로체험은 단순히 학생들이 재밌는 경험을 하게 해주는 데서 그치는 것이 아니라 미래를 구체적으로 그려나갈 기반을 마련해 줄 수 있어야 하지 않을까요?

자유학기제, 꿈 나와라 뚝딱?

앞서 잠깐 언급했듯이 제가 중학교에 입학한 2018년 학교는 자유학기제를 시행했습니다. 수업을 조금 줄이더라도 학생 개개인의 발전을 적극적으로 지원하겠다는 취지에서 고안된 자유학기제의 궁극적인 목표는 학생들이 시험 부담에서 벗어나 행복한 학교생활을 통해 창의성, 인성, 자기주도학습 능력 등 미래 사회가 요구하는 역량을 배양하는 것입니다. 2020년부터는 자유학기제가 자유학년제(1학기가 아닌 2학기 동안 시행)로 전환되기도 했습니다.

이는 자유학년제의 공식적인 정의를 요약한 것이지만 더 간단히 정리하면 1년 동안 중학교 1학년에게 시험을 면제해 주고 기존 수업을 일부 줄여 그 시간을 다양한 진로체험과 예술 및 체육 활동으로 대체하는 시스템입니다. 우리나라 교육은 학업과 상급학교 진학에 과도하게 집중돼 학생이 '나는 뭘 좋아하지?', '나는 뭘 잘하지?', '내 꿈은 뭐지?', '나는 어떤 사람이 되고 싶지?' 같은 질문에 스스로 답해보고 자신의 정체성을 깨우쳐 갈 시간이 부족하다는 교육부의 판단에서 비롯된 제도로 그 취지가 좋다는 것만큼은 인정하지 않을 수 없습니다. 하지만 아쉽게도 자유학년제가 칭찬받을 만한 점은 그 취지가 다입니다.

처음으로 자유학기제가 도입된다는 사실을 알았을 때는 별다른 생각이 없었습니다. 그저 멋진 교복을 입고 등·하교하는 언니 오빠들 무리에 속하게 됐다는 점만이 좋았죠. 한 가지 인상적으로 다가왔던 부분은 시험을 보지 않는다는 것이었습니다. 1학년은 1학기 기말고사만 보는데 그마저도 성적은 생기부에 전혀 반영되지 않는다니! 게다가 2학기 때는 교내·교외에서 여러 진로체험을 해볼 수 있다니! 조금 설렜던 것도 사실입니다. 하지만 앞서 이야기했듯 제가 경험한 진로체험은 대부분 수박 겉핥기식이었고 2학년으로 올라감과 동시에 이마저도 자취를 감췄습니다. 도대체 언제 너의 꿈과 끼를 찾아보라고 했느냐는 듯 숨 막히는 진도–시험, 진도–시험의 굴레로 들어갔습니다.

2학년이 된 후로 좋은 성적을 얻기 위해 요령도 없이 암기에만 공부 시간을 쏟아부었고 성적이 좋아지는 만큼 행복은 사라져 버렸습니다. 전교 1등을 할 것도 아닌데 시험이 다가오면 심란해져

무식하게 교과서를 붙들었습니다. 시험이 끝나면 보상 심리에 빠져 놀기 바빴고 또 다음 시험이 다가오면 뭔가에 쫓기듯 맹목적으로 교과서를 외우고 또 외웠습니다. 중학교 2학년, 3학년이 됐다고 해서 꿈이 이미 결정됐거나 다른 꿈을 찾으면 안 된다는 법은 없는데 학교에서는 잃어버린 1년을 메우기 위해서인지 더 많은 양의 공부를 강요했습니다. 1학년 이후 진로와 관련돼 유일하게 주어진 활동은 직업홍미검사뿐이었습니다.

1년에 한두 번 실시된 직업홍미검사는 솔직히 말해 유용했습니다. 청소년이 자신의 성향과 잘 맞는 직업을 확인해 볼 수 있도록 도와주는 이 검사는 실제로 본인 자신의 성향을 이해하는 데 도움을 줍니다. 정확하지는 않아도 대략적 결과를 바탕으로 어떤 분야의 직업이 내게 가장 적합할지 분석해 보는 일은 시도할 가치가 있습니다. 미래에 관한 내 생각을 확고하게 하는 계기가 될 수도 있고 반대로 나도 몰랐던 의외의 재능을 찾는 기회가 될 수도 있으니까요. 게다가 보통 심리나 성격 검사를 개인이 하려면 돈이 들지만 학교에서는 무료로 검사를 해줍니다! 정말 좋은 기회지 않나요?

단, 여기서도 문제는 검사가 그저 검사로 끝난다는 겁니다. 수업 한 시간을 대체하는 직업홍미검사 또는 성격검사는 검사를 한 지 약 1~2주가 지나면 큼지막한 종이에 그 결과가 인쇄돼 나오고 교실은 그 종이를 들여다보는 아이들로 인해 잠시 떠들썩해집니다. 친한 애들끼리 결과를 공유하며 각자 어느 영역이 높게 측정됐는지 비교하기도 합니다. 그리고 끝. 반짝했던 관심이 식으면 검사지는 어딘가로 사라집니다. 저 또한 여러 가지 검사를 해볼 기회가 5번 정도는 있었던 것 같은데 거의 별생각 없이 넘겨버렸습니다. 검사 그 자체보다는 결과를 분석하고 활용하는 게 훨씬 중요할 듯한데 여기에 필요한 과정은 없었습니다. 이 역시도 취지는 좋지만 성과는 없는 학교 프로젝트의 단적인 사례일 뿐입니다.

'내 꿈을 찾아볼 거야'가 아닌 '시험을 보지 않아', '고등학교에 영향을 미치지 않아'로 접근하는 순간 자유학년제는 목적을 잃습니다. 자신의 꿈을 찾기 위해 1년간 정말 열심히 진로 활동을 하거나 반대로 진로는 무시하고 학업에 열중하는 학생도 있겠지만 대부분은 그저 학교가 짜놓은 과정을 따라갑니다. 학생들이 바보여서가 아닙니다. 어른들이 원하는 대로, 하라는 대로 할 뿐입니다. 꼭 자유학년제가 아니라 그 이름을 무엇으로 바꾸든 결과는 같을 것입니다. 꿈에 대해 진지하게 고민해 볼 기회가 한 번도 없던 학생들을 막무가내로 시스템에 끼워 맞추려 하니 효과가 없는 것이 오히려 당연한 결과일지 모릅니다.

자유학년제는 결국 초등학교를 1년 연장하는 것과 다를 게 없습니다. 아무리 1학년 때 동아리 활동을 강조하고 교외 진로체험 후 활동 감상문을 쓰게 해도 남는 것 없이 '재밌었다'라는 감상만 소비하게 됩니다. 아무리 아름다운 취지를 늘어놓아도 학교가 성적을 내기 위해 가는 곳이지 꿈을 찾을 수 있는 곳이 아니라면 자유학년제는 모순 아닐까요?

비효율의 왕

종 치기 약 2분 전. 교실은 시끌벅적합니다. 2교시 체육 시간이 끝난 후라 몇몇은 옷을 갈아입으러 바쁘게 움직이고 몇몇은 다음 수업을 위해 사물함에서 이것저것 꺼내는 등 각자의 이유로 모두가 분주합니다. 조금 전까지 축구를 하던 남자애들의 땀 냄새도 풍겨옵니다.

"야, 야, 숙제한 사람?"

새벽까지 게임이나 카톡 또는 학원 숙제를 하느라 미처 학교 숙제를 하지 못한 학생들이 한 책상으로 우르르 몰려듭니다. 급할 때는 여러 명이 일을 나눠 하는 것이 빠른 법. 대충 한두 문제씩 맡아서 푸는 대로 서로 답을 불러주다가 수업 종이 치면 각자 자리로 흩어집니다. 미처 하지 못한 부분을 마무리하기 위해 손들이 바쁘게 움직입니다. 그사이 도착한 선생님은 학습지와 교과서, USB 등을 세팅합니다. 끄적끄적. 팔락팔락. 몇 명은 어느새 답을 다 찾았는지 세상 평온한 표정을 짓고 있습니다.

"자, 이제 조용히들 하시고! 이 반은 저번에 진도 어디까지 나갔지? ○○학습지가 숙제였나? 그럼 숙제 검사할 동안 다들 135쪽 지문 읽으면서 중요하다고 생각하는 부분은 줄 치시고!"

선생님이 빨간 볼펜을 들고 맨 앞자리부터 숙제 검사를 시작합니다. 여전히 끄적거리는 몇 명은 약간의 잔소리를 듣습니다. 10분이 지난 후 겨우 수업을 진행할 수 있게 됐지만 아무래도 며칠 전 배운 내용을 곧바로 떠올리기란 쉽지 않아 아이들은 영문을 모르겠다는 듯한 표정을 짓습니다. 선생님은 한숨을 쉬며 지난 시간에 설명한 내용을 되풀이합니다. 벌써 수업 시간의 절반이 지나갔네요. 기말고사가 두 달도 남지 않아 진도는 너무 급합니다. 수업은 쉴 틈 없이 이어지고 종이 치면 숙제와 함께 수업이 끝납니다. 학생들은 다음 과목을 준비하며 또다시 바빠지고 어느새 조금 전 배운 내용은 깔끔하게 잊힙니다.

중학교 3년간 제 일상은 이런 시간의 반복이었습니다. 수업을 듣고 필기하고 집에 가서 숙제하고 수행평가 준비하다가 시험 기간이 되면 벼락치기하고. 학교마다 정도의 차이만 있을 뿐 어디에서나 비슷한 일과가 회전목마처럼 돌아갑니다. 학교의 요구 사항에 맞춰 학생들은 매일 같은 일과를 수도 없이 반복합니다. 그런데 하루에 5~7가지 과목을 번갈아 들으며 남는 것은 무엇일까요? 이렇게 바쁘게 살아서 얻는 결과는요? 중학교 때 공부한 내용이 절반이라도 기억나는 학생이 과연 몇이나 될까요? 매일 수업을 듣고 숙제하며 사는데 이상하게도 남는 것은 많지 않습니다. 학원과 참고서라는 사교육이 없으면 학생들은 진도를 못 따라갑니다.

개개인의 능력 차와 노력의 정도도 중요하지만 학교에서는 '효율적인' 공부를 기대할 수 없습니다. 학교는 하루를 균일한 수업 시간과 쉬는 시간으로 조각낸 다음 반별로 겹치지 않게 수업을 끼워 넣습니다. 과목별 특성이나 학생의 학습 속도까지 고려해 줄 상황은 못 됩니다. 사회나 역사 같은 암기 과목은 무식하게(?) 공부하면 좋은 성적을 낼 수 있을지 모릅니다(물론 이 과목들이 '암기 과목'으로 분류된 것도 학교의 영향입니다). 하지만 긴 지문을 읽고 문맥을 정확히 파악해야 하는 국어나 용어를 이해하고 이론을 단계별로 학습해야 문제 해결력이 생기는 과학 같은 과목은 이런 시간표가 독이 됩니다. 아무리 음악이나 미술보다 더 많은 수업 시수가 할당된다 해도 학습 목표를 달성하기엔 역부족입니다. 학교 공부는 시험을 치기 위한 것이고 학생 수준에 맞춰 과목별 학습 목표의 세세한 부분까지 신경 써줄 수는 없습니다. 재밌게 공부하지는 못할망정 배운 내용을 복습할 틈도 없이 다음 수업, 또 다음 수업으로 이어지니 집에 오면 기억에 남는 것이 없습니다. 하지만 진도는 이미 나간 걸 어떡하나요. 학교는 우리를 기다려 주지 않고 다량의 나머지 학습을 하지 않는 한 매일 쏟아지는 수업 내용을 완벽하게 따라가기는 어렵습니다. 결국 학생들은 사교육이 내민 손을 외면하지 못합니다.

학교 시간표는 언뜻 보면 효율적이고 체계적입니다. 하지만 학습면에서 찬찬히 뜯어보면 이렇게 비효율적인 시스템이 없습니다. 효율적인 공부란 과목 특성과 개개인의 학습 속도에 따라 다릅니다. 학생이 과목별로 자신의 강점과 약점을 스스로 진단하고 개선해 나갈 수 있어야 학습 목표를 효율적으로 달성할 수 있습니다. 지금과 같은 수업 시스템이 계속된다면 학생들이 깨어 있는 시간의 대부분을 투자해 쌓는 것은 죽은 지식뿐 아닐까요?

나는 달라질 수 있다

지금까지 제가 중학교에 다니는 3년간 느꼈던 학교 교육 시스템의 한계와 모순을 이야기해 봤습니다. 학교가 극악무도한 악당이기만 한 것은 아니지만 난공불락의 안전하기만 한 요새도 아닙니다. 멀리서 보면 견고하지만 가까이 가보면 낡고 허물어져 가는 성입니다.

애초에 학교는 학생 개개인을 위한 곳이 아닙니다. 가장 빠르고 편한 방법으로 다수에게 표준화된 교육을 제공하게 돼 있지, 한 명 한 명의 꿈과 재능을 꽃피우도록 설계되진 않았습니다. 내신 대비에는 최적화돼 있을지 몰라도 인생 대비에는 효과가 없습니다.

50년 전까지만 해도 이 제도는 유용했습니다. 전쟁 직후 나라를 빠르게 재건해야 했고 제대로 된 교육을 받을 수 있는 곳은 학교뿐이었으니까요. 국가주의 아래 대의를 위한 소수의 희생은 당연한 것이었습니다. 교육이라는 이름으로 폭력이 행해져도 문제라 생각하는 사람은 많지 않았습니다. 이후 세상은 무서운 속도로 변했습니다. 민주화를 겪었고 학생의 인권이 논의되기 시작했습니다. 이제는 전체주의가 아니라 개인주의가 문제라고들 합니다.

직업은 어떨까요. 대기업에 다니는 월급쟁이 회사원이 모두의 꿈이었던 시절은 옛날입니다. 이제는 초등학생과 중학생도 아이돌과 유튜버를 꿈꿉니다. 취미로 코딩과 3D 모델링을 하고 '포카'(포토카드의 줄임말. 연예인과 같은 유명인 사진을 명함 규격으로 인쇄한 굿즈)를 만들어 온라인으로 사고팔기도 합니다.

이런 시대에 미래 교육이 길러줘야 할 능력은 창의력과 상상력, 소통 능력입니다. 하지만 학교 교육은 여전히 50년 전과 비슷한 과목을 비슷한 방식으로 가르칩니다. 평가 방법을 조금씩 손보긴 했어도 결국 적은 시간에 많은 것을 암기해 시험을 보고 좋은 성적을 얻어야 한다는 점에서는 아무런 변화도 없습니다. 수업 시간과 교과서, 시험 방식은 그대로인데 다른 것을 바꾼들 어떤 의미가 있을까요? 예를 들어 2015년 개정된 교과서는 학생들의 학습 부담을 덜어주겠다며 내용을 단순화한 부분이 많습니다. 하지만 그 부분은 결국 사교육을 통해 채워집니다. 4차산업혁명 시대라느니 멀티잡 시대라느니 디지털 세상이라느니 하면서 그럴듯한 정책과 제도가 끊임없이 논의되지만 자세히 들여다보면 모두 집을 치장하는 장

식일 뿐 그 뼈대는 그대로입니다. 국가 발전을 앞장서 이끌던 공교육이 이제는 시대에 가장 뒤처져 있습니다.

또 학생들에게 직접 영향을 주는 건 좋은 프로그램보다는 수업을 가르치는 교사입니다. 하지만 현실의 시스템 속에서 교사가 재량껏 할 수 있는 일은 별로 없습니다. 수업을 가르치고 성적을 처리하는 것이 의무지만 교육 시스템 자체에 관여할 권한은 없습니다. 교육 현장 바깥에서 논의된 새로운 정책이 학교로 전달되고 그 내용은 다시 요약된 형태로 교사에게 전달됩니다. 왜 그래야 하는지, 꼭 그대로 따르기만 해야 하는지 알려주지 않습니다. 학생이 "이거 왜 이렇게 바뀌었어요?"라고 질문해도 그렇게 하라고 했다는 대답밖에 돌아오지 않습니다. 한마디로 시스템을 총괄하는 사람과 그 지시를 이행하는 사람 사이에 소통이 없는 것입니다. 학생도 교사도 학교 안에서 아무런 힘이 없습니다.

물론 재량이 주어져도 학생의 가능성을 짓밟는 선생님도 있습니다. 1학년 자율수행평가 때 마인드맵을 활용한 과제를 제출했다가 선생님께 도대체 이게 뭐냐고, 왜 다른 애들처럼 똑바로 정리하지 않느냐고 지적받아 기가 죽었던 기억이 납니다. 바리스타가 되고 싶다는 학생에게 그건 돈도 잘 못 벌고 로봇에게 대체될 직업이라고 한 선생님도 잊을 수 없습니다. AI가 차지할 직업 목록에는 학교 선생님도 있던데 말입니다. 학생의 꿈을 함부로 평가할 권리가 교사에게 있을까요?

우리는 세상과 미래에 대한 고민은커녕 나 자신에 대해 고민할 시간조차 없이 학교를 다닙니다. 나에 대한 정보는 소크라테스 같은 위대한 철학자도, 나를 낳아주고 길러준 부모님도 알려줄 수 없습니다. 획일화된 시스템에 따르길 강요하는 학교도 마찬가지입니다. 내가 누구인지, 사회 구성원으로서 내가 어떤 삶을 살아가야 하는지 알려줄 수 없습니다. 수십 년간 공교육이 달라져야 한다는 목소리가 쏟아지고 있지만 학교는 여전합니다. 그렇다면 남은 방법은 하나, 내가 달라지는 것입니다. 중학교 3학년 말, 저는 어떻게든 이 시스템을 따라가기만 하면 되리라는 생각을 버리기로 했습니다. 죽은 지식 대신 살아 있는 지식을 쌓아보기로 했습니다. 학교를 나와 세상으로 들어가 학교가 가르쳐 주지 않는 진짜 나를 찾기로 한 것입니다.

만약 이 책을 읽는 당신도 학교에서 빛을 잃어가고 있다면 잠깐 일시정지 버튼을 눌러보라고 권하고 싶습니다. 그리고 지금부터 그 버튼을 누르면 무엇이 달라질 수 있는지 보여드릴게요.

너를 보여줘 2

수능 공부하는 수학 천재

자기소개를 해주세요.

↳ 안녕하세요. 인터넷 강의 판서나 교재 답안에서 오류를 잡아내는 은둔형 수학 천재 김예나입니다. 왜 수학 천재냐고요? 스스로 그렇게 생각하니까요. MBTI는 ISTP예요. 시끄러운 것, 걷는 것을 싫어하고 자는 걸 좋아합니다. 서울대학교 컴퓨터공학과를 목표로 작년부터 수능 준비를 하고 있습니다.

나이는요?

↳ 사실 이 부분은 할 말이 좀 많아요. 어른들은 항상 묻습니다. “몇 살이니?” 몇 살이라고 대답하면 항상 다시 묻습니다. “그럼 몇 학년이니?” 정말 궁금한 게 나이일까요, 학년일까요? 꼭 둘 다 알아야 할까요? 한 질문을 받으면 제가 알아서 나머지 답도 덧붙여야 할까요? 마지막으로 정리하겠습니다. 저는 14세입니다. 학년으로는 중학교 3학년에 해당하고 현재 학교는 안 다닙니다.

Q 학교는 언제, 어떤 계기로 나오셨나요?

↳ 솔직히 말하자면 제게 학교는 너무 시시했어요. 저는 만사가 다 귀찮은 사람입니다. 캐릭터로 따지자면 구데타마랄까요. 물론 '시시하다'가 '공부하기 싫다'는 뜻은 아닙니다. 자칭 수학 천재라면서 왜 과학고나 다른 영재학교에 안 갔냐고요? 으, 생각만 해도 너무 귀찮습니다. 그런 학교에 가는 애들은 엄마나 학원 선생님이 하라는 대로 문제를 착실하게 풉니다. 특히 초등학생 때 그런 준비를 하려면 '노가다'로 문제를 아주 많이 그리고 빠르게 풀어야 하는데 그런 건 딱 질색입니다. 풀이 과정도 중요해서 일일이 다 쓰라고 합니다. 할 수 있는 데까지는 암산으로 하면 안 될까요? 너무 귀찮거든요.

무엇보다 언니가 중학교에 다니는 걸 보니 더 가기 싫어졌습니다. 꼬박꼬박 시험공부를 해야 하고 과목별로 수행평가도 봐야 하고 숙제도 있대요. 그래서 초등학교를 졸업하고 중학교에 가지 않았습니다. 엄마도 중학교를 굳이 다니지 않아도 된다고 했고 저도 딱히 가야 할 이유를 찾지 못해 '초졸' 딱지를 달고 바로 학교 밖 청소년이 됐습니다. 잘한 결정이라고 생각합니다. 제가 중학교 1학년이 될 시기가 딱 2020년, 코로나19의 시작이었으니까요.

Q 학교를 나온 뒤에는 어떤 활동을 하셨나요? 지금은요?

↳ 가장 좋아하는 것을 마음 편하게 했습니다. 잠자기요. 밤낮이 바뀌

진 않았지만 처음에는 정말 많이 잤습니다. 하루 10시간씩 잤어요. 밤늦게까지 학원을 가는 것도 아니고 휴대폰이 없어 SNS도 하지 않으니 밤에는 무조건 잠만 잤습니다. 그래서 그런지 키가 정말 훅 컸습니다. 초등학교를 졸업할 때는 157센티미터였는데 지금은 166센티미터입니다. 엄마 말로는 잘 때는 중력을 안 받아서 그런 것 같다네요. 이유가 뭐든 크기만 하면 좋은 거죠. 3센티만 더 크고 싶은데 음, 요즘은 살만 찌고 있는 듯합니다.

첫 1년은 엄마가 공부를 시켰습니다. 홈스쿨러를 교육하는 선생님 수업을 강제로 신청해서 듣게 했죠. 그런데 그게 하필 인문학 수업이었습니다. 제가 하기 싫어하는 숙제가 왕창 있었고 선생님은 열정이 너무 넘치시는 탓에 시간에 맞춰 수업을 끝낸 적이 없었어요. 좋아하지도 않는 주제로 언제 끝날지 모르는 수업을 계속 듣고 있는 건 고문이었습니다. 게다가 저는 엄마의 잔소리를 들어가며 중졸 검정고시도 준비했어요. 귀찮지만 어쩌겠어요. 이것만큼은 꼭 해야 하는 일이니까요.

공부하거나 자는 시간 외에는 책을 읽었습니다. 자다 깨면 뒹굴뒹굴하다가 또 책 읽다 자고 또 뒹굴뒹굴하다가 책 보고 자고…. 대단한 책을 읽은 건 아니고 판타지 소설이나 방에 있는 공부와 관련된 책을 읽었습니다. 지금 생각해 보니 수많은 판타지 책 속에 그런 책이 섞여 있었던 건 엄마의 작전 아니었을까 합니다. 그때 읽었던 책 중에 《성적 급상승의 비밀》이 있었는데 정말 신기했습니다. 학교에 다니면서 그렇게 공부를 못할 수 있다는 것도 신기하고 그런데도 노력해서 좋은 대학에 갔다는 것이 멋있어 보였습니다. 따라 해보고 싶었죠. 수학 천재인데 그 정도는 할 수 있을 것 같았어요. 방에서 나와 엄마에게 말했습니다. "엄마, 나 수능 준비할래요."

엄마는 시험 시간 동안 앉아 있는 것도 힘든 일이라고 했습니다. 한번 경험해 보라며 시험 접수를 해줬어요. 2022학년도 수능시험을 모의고사로 삼은 셈입니다. 뒹굴거리며 누워 있는 걸 잘해서 그런지 장시간 앉아 있는 게 생각보다 힘들진 않았습니다. 영어, 수학, 한국사, 제2외국어 말고는 다 찍었지만 이 정도면 해볼 만하겠다는 생각이 들었어요. 무슨 자신감인지는 모르겠지만 그냥 그렇더라고요. 그 후 지금까지 수능 공부를 하고 있습니다. 2023학년도 수능을 볼 예정이고 목표는 아까 말한 대로 서울대 컴공과입니다. 적성에 맞을지 안 맞을지는 모르지만 적어도 적성검사를 해보면 결과가 이공계로 나오니 괜찮지 않을까요. 문과만 아니면 좋을 것 같습니다.

Q 중3 나이에 수능을 준비한다니 흔하지 않은 사례네요. 주변에서는 뭐라고 하나요?

└ 제 나이가 어려서 그런지 다들 지금 수능을 봐서 대학에 진학할 거냐고 묻습니다. 그럼 대학 가려고 수능 보지 재미로 보나요? 너무 이

르다고요? 능력이 되면 가는 거죠. 공부에 나이는 없으니까요. 제가 대학에 가면 고등학교를 건너뛰고 대학에 가는 것입니다. 성격이 워낙 은둔형이라 걱정이 안 되는 것은 아닌데 뭐, 일단 가보자고요. 실패하든 성공하든 일단 부딪혀 봐야 하지 않을까요? 해보고 이 산이 아니다 싶으면 얼른 내려와서 다른 산으로 올라가면 그만입니다. 너무 뭐라고 하진 말아주세요. 이게 제가 선택한 길이니까요.

Q 학교 밖 청소년으로 생활하면서 가장 좋았거나 힘들었던 점이 있다면요?

↳ 단점은 없다고 생각하지만 굳이 말해보라고 한다면 소속이 없으니까 늘어지기 쉽다는 것 정도입니다. 반대로 소속이 없어서 제가 하고 싶은 수학 공부를 하고 읽고 싶은 수학책을 읽을 수 있는 시간 자유가 있어서 좋습니다. 아, 숙제도 없네요. 그나저나 저 공부해야 하는데 이거 언제 끝나나요? 제게는 입을 여는 것도 귀찮은 일이에요.

Q 두 질문만 더 하고 보내드릴게요. 자주 이용하거나 도움받은 학교 밖 청소년 지원이나 서비스가 있나요?

↳ 마침 '서울런'이 생겨서 정말 잘 이용하고 있습니다. 말로만 듣던 1타 강사 강의를 다 들을 수 있어 좋아요. 문제는 배보다 배꼽이 더 크다는 것. 솔직히 교재비가 너무 비쌉니다. 지금까지 산 교재값을 모두 더하면 프리패스 비용보다 더 클 것 같아요. 물론 저처럼 수능 공부

를 하는 게 아니라 몇 개 강좌만 듣는다면 별로 상관은 없을 것 같습니다.

Q 마지막 질문입니다! 학교를 나오는 것을 고민하는 청소년에게 해주고 싶은 말이나 꼭 알려주고 싶은 정보가 있나요?

ㄴ 학교에서 나올지 말지 고민하고 있다면 먼저 자신이 어떤 사람인지 알아야 합니다. 대신, 나와서 가만히 있는 것은 금물! 공부가 싫으면 학교를 나와서 정말 적극적으로 다른 것을 찾아야 합니다. 만약 그럴 자신이 없고 게임과 유튜브에만 시간을 소비할 생각이라면 굳이 학교를 나올 필요도 없고 나와서도 안 된다고 생각해요.

2부

사건의 지평선

3장

언스쿨러 되기

Re,
나만의 언스쿨 철학

저는 한국식 공교육에서 본래 저만의 모습, 즉 개성을 잃어버렸습니다. 모두가 성적과 학교만으로 사람을 판단하는 환경에서는 다른 것을 시도해 보기는커녕 떠올려 보는 것조차 어려웠죠. 아무도 제가 누구인지 그리고 어떤 사람이 되고 싶은지 묻지 않았습니다. 이대로라면 심해에 잠길 것만 같았고 고민 끝에 '김하은'이라는 사람을 찾기 위해 학교가 아닌 세상으로 발걸음을 옮겨 언스쿨을 시작했습니다.

그런데 언스쿨을 한다고 하면 공부는 완전히 포기했을 거라고 오해하는 사람이 있습니다. 제가 하는 공부는 분명 학교에서 내신을 준비하는 학생들이 하는 공부와는 거리가 있습니다. 공부를 해서 이루고자 하는 '목표'가 다르기 때문입니다. 실제로 홈스쿨과 언스쿨을 하는 학생들에게 왜 이 길을 선택했는지 물어보면 누군가는 학교에 다니는 것보다 더 효율적으로 공부해 대학에 진학하기 위해서, 또 다른 누군가는 대학 진학보다 더 큰 꿈을 이루기 위해서라고 이야기합니다. 이처럼 홈스쿨 혹은 언스쿨을 하는 청소년에게 가장 중요한 것은 바로 목표입니다.

저는 좋아하는 일, 도전해 보고 싶은 일, 적성에 맞는 일을 하나씩 찾아가면서 대학 진학 여부를 진지하게 고민해 봤습니다. 보통 한국에서는 고3 때 수능을 치르고 대학에 진학하는 것이 정해진 순서니까요. 하지만 학교 밖에서 이 과정을 관찰해 보니 대학이라는 기관에도 의문이 생겼습니다. 먼저 그 대학이라는 곳에서는 무엇을 하는지 알아보고 만약 대학에 진학하지 않겠다고 결정한다면 빠르게 실무 경력을 쌓는 편이 좋겠다고 판단했습니다.

그렇게 한 달여 동안 관심 있었던 대학교 홈페이지에 들어가 보는 등 온라인 검색을 하고 주변 사람들을 탐문해 보니 대학 역시 제가 어릴 때 상상했던 것과는 매우 다른 모습이었습니다. 한마디로 입시 준비의 치열함에 비하면 그리 '대단한' 곳은 아니랄까요. 전공에 따라 수업을 선택할 수 있는 자유가 주어지고 실제 사회생활에 더 근접한 곳이긴 하지만 결국 4년이라는 시간이 일방적 강의와 함께 흘러가는 건 마찬가지였습니다. 대학생을 인터뷰해 보니 시험도 고등학교와 비슷한 암기 형식인 경우가 많았고 교수님과 가까워질 기회도 별로 없다고 했습니다. 제가 생각하던 순수한 호기심과 탐구 그리고 스승과의 깊은 유대는 보이지 않았습니다.

마지막으로 제 자신에게 질문했습니다. 나는 대학에 가고 싶은가? 가서 무엇을 하고 싶은가? 대학에 가면 무엇을 잃고 무엇을 얻는가? 여느 청소년처럼 캠퍼스 생활에 대한 로망은 당연히 있었지만 그 작은 소망을 이루기 위해 한국의 피 튀기는 입시 전쟁에 뛰어들고 싶지는 않다는 것이 제 결론이었습니다. 제가 미치도록 소망하지도 않는 대학에 가기 위해 목적 없이 공부하는 건 사양입니다. 게다가 성적이 안 돼 전공하고 싶은 학과가 아닌 학교 이름만 보고 대학을 선택한다든지 마찬가지로 성적이 안 돼 학부제에서 원하는 학과를 선택하지 못하는 일은 겪고 싶지 않았습니다.

현재 한국 학생들은 그저 '모두가 가기 때문에' 대학을 가고 그것도 고등학교 졸업과 동시에 가야 한다는, 한 발이라도 늦을 수 없다는 강박에 시달립니다. 취업을 해 먹고살려면 '대졸자'가 되고 봐야 하는 것만 같습니다. 성적, 동아리, 생기부 등 학교에서의 모든 활동은 대학 합격을 위한 수단으로 전락해 활동 그 자체가 지니는 의미와 진정성은 사라집니다. 대학 진학이 나쁘다는 것이 아니라 모두가 같은 목표만 바라보고 불나방처럼 달려드는 현실이 잘못됐다는 것입니다.

또 한 번의 고민을 통해 한국의 대학에 가지 않고 평생은 아니더라도 오랫동안 열정을 갖고 임할 수 있는 일을 구체적으로 발굴해 보자고 결심하면서 저만의 언스쿨 철학이 생겼습니다. 저는 이 철학을 (영어 접두사) ‘리Re’라고 부릅니다. ‘리’는 ‘뒤로’, ‘원래대로’, ‘되돌림’의 의미와 함께 ‘새롭게’, ‘다시’의 의미를 지닙니다. 사실 언스쿨러가 되기 전까지는 듣기 거북한 단어 중 하나였습니다. 문제를 틀렸을 때 처음부터 풀이 과정을 뜯어보면서 다시 풀어야 하고re-do 보드게임을 하다가 잘못 걸리면 뒤로 몇 칸 물러나야 하고re-turn 뭔가에 도전했다가 실패하면 다시 시작re-start해야 하니까요. 근본으로 돌아가는 일은 그동안 힘겹게 쌓아온 모든 것이 무너지는 절망감과 같은 일을 반복해야 한다는 무력감, 귀찮음을 동반했습니다. 다시 하는 것도, 처음으로 돌아가는 것도 그저 마음의 짐이었습니다. 그런데 신기하게도 바로 이 부정적인 감정들이 제가 학교를 나오는 데 원동력이 돼줬습니다. 시간이 걸리더라도 처음부터 다시 출발해 있는 그대로의 나를 찾겠다는 목표를 세우면서 부정적이기만 했던 단어가 긍정적인 뜻으로 바뀌었습니다. 이제 ‘리’는 제게 가장 중요한 가치 중 하나이자 제 언스쿨 철학의 뿌리입니다. 시작하고 실패하고 돌아왔을 때 저를 돌아보고 재정비하고 다시 출발합니다. 이 모든 경험이 다른 모험을 위한 탄탄한 근육이 돼줍니다.

제게는 번뜩이는 아이디어로 어린 나이에 창업하거나 공부에 뜻이 생겨 대학에 조기 진학하는 등 흔히 말하는 '성공 스토리'가 없습니다. 하지만 언스쿨을 통해 제 자신에 대한 신뢰와 자신감이 생겼고 저만의 철학이 생겼습니다. 제 미래는 저 스스로 결정하고 책임질 수 있게 됐습니다. 아직 아름다운 조각상을 완성하진 못했지만 질 좋은 대리석과 조각칼을 준비해 둔 셈입니다. 완성된 조각상의 모습이 어떨지 때로 무섭고 불안하지만 그래도 제가 원하는 방향으로 끌질을 합니다. 누가 뭐라 하든 제 미래는 온전히 제 것이니까요.

세상과 소통하기

흔히 자유에는 책임이 따른다고 합니다. 스스로 통제할 수 있는 선에서의 자유는 분명 좋은 것입니다. 내게 최적화된 길을 내가 만들어 가는 것, 내 일상의 어느 한 부분도 타인에게 통제받지 않는 것 모두 정말 이상적입니다. 하지만 현실은 어떨까요? 아무도 통제하지 않기 때문에 생활 방식이 망가지고 나쁜 습관이 들고 나도 모르는 새 엉뚱한 길로 가 있는 자신을 발견할 가능성이 비교적 큽니다. 정신을 똑바로 차리지 않으면 조금씩 무너지고 맙니다. 울타리가 없는 삶은 언제 어디서 어떤 공격을 받을지 모른다는 점에서 상당히 위험합니다.

저는 분명 제 의지로 고등학교에 가지 않기로 했지만 처음에는 그 책임을 온전히 감당하기가 힘들었습니다. 이미 청소년기가 끝나가는 시점에서 순순히 나만의 시간을 가질 여유는 얼마 되지 않았고 제게 가장 중요한 것이 무엇인지 아직 몰랐습니다. 주변에 홈스쿨이나 언스쿨을 하는 사례가 없어 구체적으로 조언을 구할 사람도 없었고요. 그저 '내가 누군지 알고 싶다'는 추상적인 이유만으로는 진정한 자유를 감당해 내기가 버거웠습니다. 이제 막 헬스장에 등록한 사람이 곧바로 엄청난 무게의 바벨을 드는 느낌이었습니다. 솔직히 말해 다소 성급한 결정이었죠.

자신의 선택에 대한 책임 의식이 확고하지 않으면 자유는 오히려 내 마음을 구속하고 불안을 자아냅니다. 학교 친구들은 밤늦게까지 야자도 하고 학원도 엄청 많이 다니는 것 같은데 나는? 그들의 반절이라도 따라갈 수 있을까? 엄청나게 뒤처지고 있는 게 아닐까? 학교에 다녔다면 조금 더 체계적으로 공부할 수 있지 않았을까? 한번 시작되면 꼬리에 꼬리를 무는 것이 자신에 대한 불신입니다. 학교 밖에는 나를 비교해 볼 수 있는 평균도, 지금 내가 하는 공부량이 충분한지 파악할 시험도 없어 사소한 의심의 씨앗을 키우고 스스로 땅굴을 파고 내려갈 여지가 많습니다.

그럴 때 가장 도움이 되는 것은 역시 비슷한 처지의 친구들입니다. 저는 처음에 학교를 나온 만큼 더 빠르게 성과를 내서 세상에 나를 증명해야 한다는 일종의 강박에 사로잡혀 있었는데 알고 보니 주변 자퇴생 친구들도 비슷한 생각을 했다고 합니다. 그러니 혼자 고립되지 말고 여러 소셜 활동을 통해 학교 밖 친구들을 찾아 나서라고 권하고 싶습니다. 물론 학교와 달리 정해진 모임 장소나 시간이 없어 그만큼 개인의 노력이 더 필요하지만 우리 같은 소수 그룹에 소통만큼 힘이 되는 건 없습니다. 생각 외로 학교 밖 청소년 모임은 많습니다. 지원센터에서 우연히 만나 정보를 공유하기도 하고 #학교밖청소년 혹은 #홈스쿨 해시태그나 알고리즘을 통해 서로의 SNS 계정을 볼 수도 있습니다. 저는 학교 밖 청소년 생활에 대한 블로그를 쓰던 와중에 다른 홈스쿨러의 댓글을 받았고 그 뒤 여러 차례 소통하다가 실제 만남까지 이뤄져 현재는 친한 친구로 지내고 있습니다. 막막하게 느껴지겠지만 일단 부딪혀 보자는 마음으로 몇 번만 손을 뻗어보면 어느새 주위에 비슷한 관심사를 가진 친구와 어려운 상황에서 도움을 줄 멘토들이 모여 있을 것입니다. 나중에는 내가 누군가의 멘토를 자처할 수도 있고요. 단, 의식적으로 노력하지 않으면 만남이 이뤄지지 않는다는 점을 유념해야 합니다.

내 관심사를 끊임없이 표출하는 것도 생각 외로 중요합니다. 그 열정이 언제, 누구에게 닿을지 모르는 일이니까요. 약간의 운도 필요하겠지만 내가 적극적으로 나서면 그 모습을 본 누군가가 이를 기억했다가 다른 누군가에게 전달해 줄 가능성이 큽니다.

한 예로 저는 한동안 마인드맵과 비주얼싱킹에 푹 빠져 틈만 나면 페이스북에 완성작을 올렸습니다. 그러던 어느 날 제가 아기였을 때 저와 자주 놀아줬다는 엄마 친구분에게 연락이 왔습니다. 곧 국제퍼실리테이터협회International Association of Facilitators, IAF가 주관하는 퍼실리테이션 서밋이 있을 예정인데 동시통역 겸 그래픽 레코딩(실시간으로 강연을 들으며 비주얼싱킹으로 내용을 정리하는 활동) 서포터즈로 참여할 의향이 있는지 물었죠. 당연히 하고 싶었지만 제 실력이 아직 강연을 들으며 동시에 정리까지 할 정도는 되지 않아 고민이 됐습니다. 그런데 마침 그래픽 레코딩은 능숙하지만 영어 회화가 어려운 선생님이 있어 그분과 협업할 수 있었습니다. 덕분에 무료로 기후 변화나 효과적인 말하기 방법 같은 주제의 워크숍을 들으며 처음으로 실시간 통역을 경험하고 그림 어시스턴트로 활동해 볼 수 있었어요. 새벽 2시에 일어나 3시에 차를 타고 이동하는 색다른 경험도 덤으로 따라왔습니다.

더 많은 기회를 얻고 성장하고 싶다면 나라는 존재를 알아내고 주위에 알리세요. 나를 드러내야만 사람들이 나를 보고 모입니다. 저는 한동안 카톡처럼 메시지 용도로만 쓰던 SNS를 지난해 봄 다시 활성화했습니다. 아무리 잠재적 학교 밖 청소년 수가 40만 명이라지만 여전히 우리는 소수이기에 상대적으로 눈에 잘 띄지 않습니다. 하지만 일단 저부터 적극적으로 나서면 어떻게 될까요? 예전에는 들키고 싶지 않았던 저의 정체를 당당하고 자랑스럽게 드러내면 저의 목소리를 들은 누군가가 또 자신의 목소리를 내고 어느덧 '나'는 '우리'가 되지 않을까요?

질긴 꼬리표?
자랑스러운 트로피?

"저 학교 안 다녀요."

지금은 제가 '무소속'임을 편하게 밝히지만 한때는 저 몇 마디를 하는 일이 큰 고민이자 스트레스였습니다. 분명 제 의지로, 부모님의 허락 아닌 지지를 받고 새로운 여행을 시작했지만 타인에게 그 사실을 당당하게 밝히기까지는 수개월이란 시간이 필요했습니다.

한국에서 학교에 가지 않는다는 것은 일종의 일탈을 의미합니다. 당연한 것을 못 견디는 사람. 어울리지 못하는 사람. 어려움을 회피하는 사람. 제가 뭐라 설명하기 전에 이미 타인의 입맛대로 저라는 사람이 성형됩니다.

고등학교에 진학하지 않겠다고 결심했을 당시 친구들, 후배들,

선배들 그리고 주변 어른들 때문에 자주 속앓이를 했습니다. “넌 어디 고등학교 쓸 거야?”, “진로/전공은 뭘 할 거야?” 사람들은 제 미래에 관심이 정말 많았습니다. 하지만 중학생으로 3년을 생각 없이 살아왔기에 똑 부러진 대답을 할 수 없었고 얼핏 쉽게만 들리는 질문에 답하지 못하는 스스로가 한심하게 느껴졌습니다. 질문한 사람을 원망하진 않습니다. 누구라도 궁금할 수 있습니다. 단지 지금처럼 확고한 철학을 갖지 못했을 때 사람들의 관심을 견디는 일이 힘들었을 뿐입니다. 아직 학교의 영향을 완전히 떨쳐내지 못해 주위의 ‘충고’에 잘 휩쓸리는 편이기도 했죠. 겉으로는 강한 척하며 웃었지만 속은 너덜너덜 짓물렀습니다.

“아직 모르겠어요. 조금 더 생각해 보려고요”, “대안학교를 생각하고 있어요.” 제 입으로 말하면서도 에두른 변명이자 얄팍한 자기 방어로 느껴졌습니다. 태연하게 대답하고 싶어도 제 자신에게 확신이 서지 않아 주저했습니다. 저를 드러내는 상황을 최선을 다해 피했고 오히려 저를 숨기기 바빴습니다. 성적 좋고 성격 밝고 예의 바르고 심지어 양가 첫째인 저는 어릴 때부터 많은 기대를 받으며 자랐습니다. 사람들은 제가 훌륭한 외교관이 되거나 정치인이 되거나 변호사 혹은 아나운서가 될 거라고 말했습니다. 당연히 외고에 진학하리라 생각했고 뭘 하든 잘해내리라고 굳게 믿고 있었습니다. 제가 고등학교에 진학하지 않겠다고 선포하는 순간 그 기대들은 와장창 깨질 것이었고요. 사람들의 실망이 너무나도 두려웠습니다.

학교를 나온 뒤에도 악순환은 끊이지 않았습니다. 어딜 가든 자기소개만 하면 이름 다음으로 나와야 하는 게 학교명과 학년이었습니다. 제가 뭘 좋아하는지, 어떤 사람인지보다 어느 단체에 소속돼 있는지가 중요했습니다. 어떻게든 비슷해지고 싶어 처음에는 대안학교에 다닌다고 말했습니다. 대부분은 그냥 고개를 끄덕였지만 꼭 어디 대안학교, 어느 지역, 어떤 수업을 하는지 묻는 사람이 있었습니다. 당연히 궁금할 수 있는데도 당시에는 왜 꼭 나한테만 이렇게 꼬치꼬치 캐묻지 싶었습니다.

시간이 지나면서 차츰 "저는 홈스쿨을 하고 있어요"라고 말하게 됐지만 그래도 질문과 관심은 수그러들지 않았습니다. 사람들은 제 선택을 그리 달가워하지 않는 것 같았습니다. 모두가 제 미래를 걱정해 줬습니다. "왜? 그래서 뭘 하는데? 미래는 생각했고? 대학은?" 이제 막 언스쿨러로의 여행을 시작한 제게는 너무나도 무거운 질문이었습니다.

"제가 하고 싶은걸 찾고 싶어서요."

"그래? 학교에서는 그걸 못하니?"

"책을 읽거나 관심 있는 학습 프로그램을 신청하고 있어요."

"어떤 프로그램인데? 그게 무슨 도움이 되는데?"

"아직은 뭘 하고 싶은지 탐색 중이고 대학도 갈지 말지 고민하고 있어요."

"대학은 가는 게 좋지 않겠니? 복학은 생각해 봤어?"

그 누구도 저를 '비난'한 적은 없지만 어쩐지 말 한마디 한마디에 작은 가시가 박혀 있는 기분이 들었습니다. 숨이 막히고 불안해 미칠 것만 같았습니다.

학교를 선택하지 않음으로써 우리는 마치 《주홍글씨》의 헤스터 같은 처지에 놓이는 것 같습니다. 가슴팍에 대문짝만 하게 달린 '학교 밖 청소년'이라는 주홍글씨는 우리를 평생 따라다니고 무슨 일이 있어도 지워지지 않을 것입니다. 하지만 헤스터의 A가 Adultery(간음)에서 Able(능력 있는) 그리고 궁극적으로는 Angel(천사)로 승화했듯이 우리도 학교 밖 청소년이라는 죄목을 멋진 트로피로 바꿀 수 있습니다. 다른 비결은 없습니다. 그저 시간을 들여 내가 누구인지 알아내고 나만의 길을 자신 있게 걸으면 Able과 Angel에 가까워집니다.

저는 빨리 남들에게 보일 뭔가를 해내야 한다고 제 자신을 억압하지 않기로 했고 그 누구의 걱정과 충고도 쉽게 받아들이지 않기로 했습니다. 다행히 지금의 저는 2년 전의 모습은 전혀 찾아볼 수 없을 정도로 발전했습니다. 학교에 다니지 않으면서도 주체적으로 미래를 설계하고 있고 그 어느 때보다 행복합니다. 이제는 누군가 "그래서 뭘 하는데? 미래는 생각했고? 대학은?"이라고 물었을 때 미국 유학과 청소년 작가라는 단기 목표 그리고 미국 취업이라는 장기 목표, 나를 최대치로 성장시켜 세상을 사랑하는 글로벌 리더가 되자는 인생 목표를 당당하게 말할 수 있습니다. 좋아하는 활동에 도전하는 과정에서 다소 학업과 멀어지기는 했지만 여전히 배움에 대한 욕망은 가득합니다. 어쩌면 미국 유학이라는 목표가 이뤄지면 이 열정을 제대로 발산할 수 있을지도 모릅니다.

학교 밖 청소년에게 이목이 쏠리는 건 어쩌면 당연한 일입니다. 남들과 다른 선택을 했고 개개인이 저마다의 특별한 길을 걷고 있으니까요. 누군가의 눈에는 우리가 그저 신기한 사람, 또 누군가의 눈에는 양아치나 사회 부적응자, 드물게는 통제 불능의 천재로 보일 수도 있습니다. 학교를 나와 스스로 서는 길을 택했거나 고려하고 있다면 회의적인 사회의 시선을 반드시 감수해야 합니다.

그런데 생각을 조금만 달리해 보면 어떨까요? 그저 시기에 빠르고 느린 차이가 있을 뿐 10년, 20년이 지난 후에는 학교 졸업장이 있는지 없는지와 상관없이 모두가 자신만의 삶을 살고 있지 않을까요? 미래에 지금 이 순간을 되돌아봤을 때 학교에 다니지 않는다는 사실이 정말 그리 특별한 선택일까요?

그러니 직접 말을 해야 합니다. 학교를 안 다닌다는 이유만으로 차별하는 것은 부당하다고. 우리가 직접 움직이지 않으면 현실은 바뀌지 않습니다. 이보다 더 똑 부러지고 깔끔한 해결책을 제시하고 싶지만 아직은 우리 각자가 선 자리에서 최선을 다하는 수밖에요. 학교 안 청소년들이 통제받고 학습하는 것 못지않게 제 인생을 스스로 통제하고 계획적으로 생활하며 인생 목표를 달성하기 위한 배움을 계속해 간다면 그 누가 나를 학력이 없다는 이유로 비난할 수 있을까요?

남을 변화시키기는 어렵지만 내가 편해지는 방법은 분명 있습니다. 나는 내 선택을 후회하지 않고 학교 밖 생활이 정말 행복하다고 스스로 믿는다면 그 어떤 시선을 받아도 떳떳하고 남이 뭐라 하든 아랑곳하지 않을 수 있습니다. 우리는 죄인이 아닙니다. 그저 꿈을 좇아가는 또 한 명의 청소년입니다. 그러니 쓸데없는 부담은 내려놓고 시선을 타인이 아닌 자신의 내면으로 돌리면 좋겠습니다. 누가 뭐래도 내 인생의 주인공은 나니까요.

이제 저는 질문이 두렵기는커녕 오히려 "제발 질문 좀 해주세요!"라고 외치고 싶습니다. 저라는 사람을 더 적극적으로 홍보하고 싶습니다. "저는 '리'라는 특별한 철학을 가진 언스쿨러 김하은입니다"라고요.

재학생만 가능합니다

학교 밖 청소년으로 생활하면서 가장 화나는 점을 묻는다면 주저하지 않고 권리침해라고 답하고 싶습니다. 통계에 따르면 학교 밖 청소년 수는 꾸준히 증가하고 있지만(전체 학생 수가 2016년 약 609만 명에서 2020년 약 545만 명으로 감소) 여전히 차별과 편견이 만연합니다. 대놓고 "넌 왜 그렇게 살아?"라고 하진 않지만 다름을 나쁘게 취급하고 부각합니다. 학교 밖 청소년 중 범죄를 저지르거나 이른바 '양아치'로 분류되는 사람은 극소수인데 잘못된 사회적 인식으로 잘 사는 사람까지 피해를 입습니다.

조금씩 줄어들고는 있지만 학교 밖 청소년은 여전히 버스를 타거나 놀이공원 등의 시설을 이용할 때 성인 요금을 내야 하거나 각종 공모전이나 대회에 참가 제한을 받는 경우가 있습니다. 실제로 저는 공모전에서의 차별을 숱하게 봐왔습니다. 공모전 사이트에 들어가 공고문을 보면 대상이 '초·중·고 학생'으로 적혀 있는 경우가 많습니다. 공모전 참가 기준이 나이가 아닌 학교로 지정돼 있는 것입니다. '청소년'이 아니라 '학생'이 대상입니다. 청소년과 학생이 반드시 동의어인 것도 아닌데 말입니다. 당당하게 공모전에 지원하고 싶어도 단어 하나 차이로 망설이게 됩니다. "귀하는 기준에 적합하지 않습니다"라는 말이 두려워집니다. 잘못한 게 없는데도 위축됩니다. 공모전 주최 측은 아마도 별생각 없이 관행대로, 보편적으로 쓰이는 표현과 분류를 썼을 뿐이겠지만 여러모로 고민이 부족한 부분임은 분명합니다.

저의 경우 지난 2022년 미국에서 약 10일 동안 리더십과 학교 문화를 배울 수 있는, 디케이킴재단의 '글로벌리더십캠프'에 지원한 적이 있습니다. 미국 유학을 준비하고 있던 제게는 저만을 위한 프로그램인 양 보였습니다. 게다가 항공비나 숙박비, 교육비 등이 다 무료라잖아요. 절대 놓칠 수 없었습니다. 하지만 모집 공고를 자세히 읽어본 뒤 희망은 무너질 수밖에 없었습니다. 신청 대상이 고등학교 1학년 '재학생'이었거든요. 학교 밖 청소년이란 단어는 눈을 씻고 봐도 없었습니다. 명백하게 학교에 다니는 학생을 뽑겠다는 말에 저는 움츠러들었습니다. 게다가 성적이 매우 우수해야 선발될 수 있다니. 난 성적이 없다는 이유만으로 못 가는 건가?

하지만 아무리 봐도 저를 위한 기회인데 그냥 포기할 수는 없었고 일단 부딪혀 보기로 했습니다. 어떻게 해야 눈에 띌까, 어떻게 해야 신뢰를 줄 수 있을까 밤새 고민하며 8,000자가 넘는 자기소개서를 작성했습니다. 제가 학교에 다니지 않는 이유, 그동안의 생활, 재학생은 아니지만 뽑힐 자격은 충분하다는 간절한 마음을 꾹꾹 눌러 담았습니다. 고등학교 재학 성적은 없으니 중학교 재학 당시 성적과 검정고시 성적, 미국 유학을 준비하느라 시험을 치고 불과 그 며칠 전 결과를 받은 토플 성적을 첨부했습니다.

결과는 1차 합격. 정말 꿈만 같은 일이었습니다. 하지만 2차 면접이 남아 있었습니다. 면접에서는 학교 밖 청소년이라는 저의 신분에 관한 다소 공격적이라고 느껴지는 질문이 몇 개 있어 조금 위축되긴 했지만 최대한 제 진심만 전달하자는 다짐으로 학교 밖 생활에 관한 질문에 답했습니다. 제 간절함이 통한 걸까요. 저는 최종 합격 소식을 받았고 말 그대로 눈물 나게 기뻤습니다.

학교 밖 청소년은 아르바이트를 할 때도 학교에 가지 않는다는 이유로 부당한 대우를 받는 경우가 상당수 있습니다. 2021년 학교 밖 청소년 실태조사에 따르면 학교 밖 청소년의 아르바이트 경험률은 약 40퍼센트에 달하는데 이 중 부당 대우 경험이 있는 경우가 약 32퍼센트나 됩니다. 해당 사유는 초과 근무가 약 25퍼센트로 가장 높았습니다. 학교에 가지 않는다는 이유만으로 불량 학생, 공부에 뜻이 없는 학생으로 멋대로 규정하고 그 시간에 일이라도 더 해야 한다는 시선이 함축된 건 아닐까요. 몇 세대에 걸쳐 형성된 사회적 이미지의 힘은 엄청나게 강합니다.

이런 현실이 개선되기까지는 오랜 시간이 걸릴 것입니다. 나 하나 바꾸기도 어려운데 세상은 오죽할까요. 하지만 용기를 갖고 꾸준히 목소리를 낸다면 조금씩 바꿔나갈 수 있습니다. 학교 밖 청소년 관련 정책을 제안할 수 있는 프로그램도 있고 학교밖청소년지원센터 '꿈드림' 홈페이지에서 권리침해 사례를 신고할 수도 있습니다.

우리는 학교에 다니지 않지만 절대 재학생보다 '모자라는' 사람이 아닙니다. 공교육 없이도 열심히 공부해서 자신만의 꿈을 이룬 멋진 사람이 생각 외로 많습니다. 최근 한국계 최초 필즈상 수상자로 언론에 자주 등장한 허준이 교수도 검정고시로 서울대학교에 입학한 고교 자퇴생입니다. 인터뷰에서 여러 번 말했지만 교수님은 처음부터 수학을 잘했던 것도 아니고 머리가 특별히 좋았던 것도 아니라고 합니다. 시인을 꿈꾸며 고등학교를 자퇴했을 때 세상은 '그래, 너는 미래에 수학 천재가 돼 필즈상을 받을 거니까 괜찮아' 하고 말해주지 않았죠. 조금 특수한 경우지만 악동뮤지션 이찬혁, 이수현 남매도 홈스쿨링을 했습니다. 인터뷰 기사를 살펴보면 교재와 학습 방법, 시간을 온전히 자신들이 선택할 수 있었고 검정 고시나 대학에 대한 압박도 전혀 없었다고 합니다. 그런데도 본인들의 의지로 가수 활동 공백기에 짬짬이 공부해 검정고시에 합격했습니다. 비록 지금 학업의 길을 걷고 있지는 않지만 다양한 경험을 통해 독특한 노래들을 탄생시킬 수 있었고 지금도 그들만의 확고한 잣대로 인생을 설계해 나가고 있습니다. 그야말로 진정한 '자기주도' 아닌가요?

어른에게 가르칠 권리가 있다면 아이에게는 배울 권리가 있습니다. 그리고 이 배움은 아이가 스스로 선택할 때 비로소 의미를 지닙니다. 배움의 장소가 학교 안이든 밖이든 본질적인 배움의 자세가 달라지지 않는다면 학생과 학교 밖 청소년을 보는 시선도 동등해야 합니다. 학교 밖에서 자신만의 길을 걷고 있는 선배들이 많음에도 사회적 편견과 차별은 여전히 곳곳에 남아 있습니다. 하지만 크고 작은 변화는 분명 일어날 수 있습니다. 국제적인 거물까진 되지 않아도 됩니다. 딱 하나만 기억하면 좋겠습니다. '변화는 내가 선 자리에서부터 시작된다.' 앞으로는 학교 밖 청소년들이 당당히 목소리를 낼 수 있는 사회가 되길 희망합니다.

준비된 사람

이쯤에서 질문 하나 해보겠습니다. 당신은 왜 학교를 나오고 싶은가요? 당장은 아니더라도 언젠가는 반드시 답할 수 있어야 하는 중요한 질문입니다.

통계에 따르면 학교 밖 청소년 중 '학교를 나온 것을 후회한 적 없다'고 답한 청소년 비율은 약 58퍼센트로 최근 학교 밖 청소년 관련 지원과 인식 개선이 확대되면서 예전보다 훨씬 증가했습니다. 좋게 해석하면 벌써 절반이 넘는 청소년이 자신만의 길을 잘 개척하고 있다는 뜻이지만 나머지 42퍼센트도 무시할 수 없는 숫자인 건 분명합니다. 앞에서도 몇 차례 강조했지만 주관이 뚜렷하게 서지 않으면 자유로운 생활을 감당하기 어렵습니다. 파도처럼 밀려오는 통제되지 않는 시간 속에서 나도 모르는 사이에 하나둘씩 문제가 생겨나고 정신을 차린 뒤에는 이미 너무 늦어 후회에 떠밀려 가기 마련입니다. 학교를 나와서 날개를 펴고 날아오를 수도 있지만 반대로 절벽 아래로 떨어질 수도 있습니다. 어느 동전이든 양면은 존재합니다.

저는 중학교 자퇴도, 고등학교 자퇴도 아닌 고교 미진학자로 학교 밖 청소년 커뮤니티에서도 굉장히 특이한 경우입니다. 제 처지를 빠르게 자각하고 중학교 때 빨리 자퇴했다면 더할 나위 없었겠지만 그 당시 제게 학교 밖은 무섭기만 한 세상이었습니다. 미래를 그리고 그 미래 속으로 걸어 들어가는 제 자신을 깊이 생각해 본 적이 3년 내내 단 한 번도 없었거든요.

다행히 중학교 3학년이 돼 생각을 정리하고 나니 다른 건 몰라도 학교에 대한 불만과 불신만큼은 정말 확실했습니다. 전에는 여느 학생들과 마찬가지로 막연하게만 학교가 싫었다면 점차 앞에서 언급한 구체적 이유들이 공교육의 한계로 다가왔습니다. 제가 무엇에 관심이 있는지도 잘 몰랐고 학교를 나온 후 무엇을 할지 계획도 확실하지 않았지만 적어도 학교를 나와야 하는 이유만큼은 확실했기에 결단할 수 있었습니다. 다소 성급하긴 했어도 고등학교가 코앞에 놓인 상황에 단 1분 1초도 제가 원하지 않는 일에 허비하고 싶지 않았습니다. 당초 목표였던 외고 진학도 이를 통해 이루고자 하는 바가 없다면 하지 않는 것이 낫겠다고 판단했습니다.

인생의 모든 것은 단 한 번밖에 찾아오지 않습니다. 목숨도, 기회도, 결정도 모두 번복할 수 없는, 세상에서 가장 소중하고 신중하게 다뤄야 하는 것들입니다. 나는 왜 학교를 나와야만 하는가? 나와서 뭘 하고 싶고 어떻게 할 것인가? 지금의 내 상태는 어떻고 나는 앞으로 어떤 사람으로 살아가고 싶은가? 꿈이 무엇인가? 이 질문 중 단 하나라도 확실하게 답한다면 이미 나올 준비가 돼 있는 거라고 말하고 싶습니다. 뭐가 됐든 그 한 가지라도 깊게 파보면 됩니다. 단, 하나도 명확하게 답하지 못했다면 조금 더 여유를 두고 생각을 점검하는 편이 더 나을 것입니다. 나는 소중하기 때문에 잘 다뤄야 하고 잘 다루기 위해서는 잘 알아야 함을 명심해야 합니다. 어렵게 얻은 자유만이 진정한 가치를 발휘합니다.

당연히 학교생활로 과도한 스트레스를 받거나 정말 한순간도 견디기 힘들 정도라면 잠깐 쉬어야 합니다. 굳이 몸과 마음을 혹사하지 않아도 방법은 얼마든지 있습니다. 단, 아무 목적도 계획도 생각도 없이 완전히 학교를 나오는 건 절대 금물입니다. 그냥 힘들다는 이유로 학교를 나온다고 해서 학교 밖에 기적이 기다리고 있진 않습니다. 학교뿐 아니라 인생의 모든 문제가 마찬가지일 것입니다. 도피는 정답이 될 수 없습니다.

세상에 '그냥' 힘든 건 없습니다. 내가 왜 힘든지, 문제 원인이 학교에 있는지, 아니면 나에게 있는지 등 명확한 이유를 찾아야 합니다. 제 학교 밖 청소년 생활의 시작도 그렇게 바람직하진 않았습니다. 그저 학교를 나오고 싶은 마음이 절실했고 이유도 확실했지만 앞서 말했듯 계획은 거의 없었음을 고백합니다. 전부터 너무 듣고 싶었지만 학교 일정 때문에 들을 수 없었던 외부 수업 수강과 8월에 있을 검정고시 응시 그리고 그 전후로 꾸준히 내 적성을 탐색하겠다는 아주 대략적인 틀만 있었습니다. 아무 생각이 없는 것보다는 훨씬 낫지만 저에 대한 데이터도 너무 부족했고 당연히도 시행착오가 많았습니다.

물론 완벽한 계획을 세우고 있어야 할 필요는 없습니다. 모르는 건 물어보면 되고 어려운 건 배우면 됩니다. 길을 잃어도 다시 찾을 수 있습니다. 아직 청소년이니까요. 하지만 다시 한 번 나를 점검해 보고 선택하기 전 여러 번 돌아보길 권합니다. 내가 타인의 관리나 감독이 없어도 자기주도적으로 삶을 개척할 수 있는 사람인지 반드시 점검해야 합니다. 분명한 목표가 있다 해도 정작 학교 밖 생활이 잘 맞지 않는 사람도 있습니다. 따라서 학교를 나오는데 가장 중요한 점은 자기 자신을 누구보다 잘 이해하는 것입니다. 한 번의 충동적 선택으로 평생 후회하는 일은 없어야 합니다.

작년 여름 만난 자퇴생 언니 중에 웹툰 작가가 있습니다. 웹툰 제목은 〈자퇴생은 그림 그려〉이고 무려 네이버 베스트 도전에 선정되기도 했습니다. 지금은 다른 일정으로 너무 바빠 연재를 중단한 상태지만 자퇴생의 고민과 불안 그리고 이를 극복해 나가는 이야기를 현실적인 문제와 함께 잘 풀어내고 있으니 꼭 읽어보길 권합니다. 제 별점은 10점 만점에 10점입니다. 현재의 불안정함까지도 끌어안고 자신이 사랑하는 미술이라는 꿈을 좇고 있는 언니가 정말 멋있습니다.

정말 이게 나를 위한 길일까? 나는 뭘 위해 이 길을 가려고 할까? 학교를 나와 세상으로 들어가기 전 정말 내가 길을 떠날 준비가 돼 있는지 꼭 확인하고 출발하길 바랍니다.

부모님의 역할

학교 밖 청소년이 되는 데 가장 중요한 건 어디까지나 자신의 의견이지만 한 가지 간과할 수 없는 요소는 부모님의 동의입니다. 특수한 상황이 아니라면 부모님의 동의가 마지막 관문이라고 할 수도 있겠죠. 다행히도 제 부모님은 저보다 먼저 공교육에 회의를 느끼고 제가 중학교 2학년일 때부터 일찌감치 대안학교를 권했습니다. 그리고 학교를 나오려는 제 의지가 확실한지 또 학교를 나온 것을 후회하지 않을 자신이 있는지 확인한 후 고등학교에 가지 않아도 된다는 허락을 해줬습니다. 덕분에 제 고교 미진학 길은 수월했지만 모든 학부모가 이럴 수는 없을 것입니다. 무조건 학교는 가야 한다는 분도 있을 테고 반대하지는 않지만 어느 정도 설득 과정이 필요할 수도 있습니다.

물론 이런 반대나 의심도 사랑에서 비롯된 걱정이리라고 생각합니다. 부모라면 누구나 세상에 하나밖에 없는 딸/아들이 최대한 좋은 것만 누리면서 남부럽지 않게 자라길 바라고 어떤 이유로든 자녀가 아파하는 모습은 보고 싶지 않죠. 나 다음으로, 어쩌면 나 자신보다 나를 사랑하는 사람이 있다면 아마 부모님 아닐까요. 그러니 부모님이 내 의견에 반대를 한다면 그건 부모님을 위해서라기보다 우리를 위해서일 것입니다. 부모라고 언제나 옳다는 건 아닙니다. 하지만 부모이기 이전에 우리보다 몇 십 년을 더 산 인생 선배라는 점을 간과해선 안 됩니다. 학교 밖 생활에 변수가 많다는 사실을 부모님은 우리보다 훨씬 잘 압니다. 그래서 더 고민하고 더 주저할 수밖에 없습니다. 특히나 한국에서 학교에 가지 않는다는 결정에는 큰 용기가 필요하고 학교를 나간 후에도 자원이나 정보가 부족해 학교 밖 생활이 매끄럽지 않을 가능성이 있거든요. 무작정 내 뜻대로 하겠다고 고집을 부리기 전에 부모님과 꼭 충분한 대화를 하라고 권하고 싶습니다. 부모와 자녀의 의견이 일치하지 않으면 홈스쿨이든 언스쿨이든 순조롭게 이뤄질 수 없습니다.

지난 2년 동안 우리나라 공교육의 문제점을 느끼고 대안을 모색하는 학부모님을 만날 기회가 몇 번 있었습니다. 공교육은 마음에 들지 않는데 그렇다고 미지수로 가득한 숲으로 나가는 선택에도 고민이 많았습니다. 적어도 학교에 가는 것보다는 낫지 않을까 생각하면서도 혹여나 아이가 더 고통스러워하진 않을까, 내 잘못된 판단으로 문제가 생기진 않을까 걱정하는 모습이었습니다. 특히 아이의 주관이 아직 뚜렷하지 않고 돌봄이 필요한 저학년·미취학일 경우 이런 경향이 더 뚜렷하게 나타났습니다. '내가 학교를 대신해 아이를 잘 지도할 수 있을까?', '학교에 보내지 않겠다는 결정을 내 판단만으로 내려도 될까?' 하는 질문을 끊임없이 하게 되는 것입니다.

단도직입으로 말하자면 그렇게 걱정할 필요는 없습니다. 애초에 아이의 행복을 위해 정해진 길이 아닌 길을 고려하고 있다는 사실 자체가 아이를 많이 아끼고 학교 밖 생활을 함께해 줄 준비가 돼 있음을 의미한다고 생각합니다. 아이가 어릴수록 당연히 부모가 돌봐줘야 하는 부분은 많을 수밖에 없습니다. 이때 필요한 것은 지도에 대한 고민보다는 아이에 대한 믿음이라고 생각합니다. 꼭 학교에 다니지 않아도 아이가 바르게 자랄 수 있고 배움의 목표가 뚜렷하다면 그대로 응원해 주면 됩니다. 때때로 아이가 불안감에 빠지거나 벽을 맞닥뜨린다면 위로와 응원을 보내주기만 해도 큰 힘이 될 것입니다. 만약 자녀가 미래에 입학 혹은 복학을 원한다면 충분히 대화하고 그 선택을 존중해 주면 됩니다. 부모와 아이 사이에 해결하기 어려운 문제가 있다 해도 세상에는 여러 상담사와 전문가가 존재하니 필요한 도움을 받을 수 있습니다. 분명 신중하게 결정해야 하는 사항은 맞지만 자신과 아이를 더 믿어줬으면 합니다.

한 가지 진지하게 고려할 점이 있다면 언스쿨을 선택한 뒤 부모와 자녀가 물리적으로 같은 공간에 있는 시간이 훨씬 많아진다는 것입니다. 이로 인해 관계가 더 돈독해질 수도 있지만 하루 종일 붙어 있는 것이 오히려 스트레스가 될 수도 있습니다. 아무리 부모와 자식 사이라도 생활 방식은 다를 수밖에 없는데 내내 부대끼다 보면 오해가 생기거나 관계가 틀어질 수도 있습니다. 저의 경우 항상 집안이 깔끔한 상태를 좋아하는 엄마와 생활공간을 둔 마찰이 빈번하게 일어났습니다. '깨끗하다'에 대한 저의 기준과 엄마의 기준이 완전히 달랐거든요. 동생과도 화장실 사용 시간 문제로 여러 번 다퉜던 기억이 납니다. 주변 친구들에게 물어보니 기상/취침 시간 논쟁이 가장 흔한 문제인 것 같았습니다.

저와 부모님은 2년에 가까운 시간 동안 갈등 속에서 맞춰가는 과정을 겪고 서로의 습관에 익숙해지며 어느 정도 타협점을 찾았습니다. 사실 이렇다 할 소속이 없는 경우가 많은 학교 밖 청소년에게 가족이란 어쩌면 유일하게 안정감을 주는 집단일지 모릅니다. 건강한 학교 밖 생활을 하기 위해 가정에 꼭 필요한 것은 서로의 삶에 대한 충분한 대화와 이해 그리고 서로를 존중하는 자세입니다.

운은 거들 뿐

저는 학교를 나온 후에도 부모님의 전폭적인 지지와 응원을 받아 방황의 시간이 짧았습니다. 두 분 모두 제가 하고 싶은 활동이 있으면 주저하지 말고 도전하고 안 될 것 같아도 경험 차원에서 반드시 시도해 보라고 말씀해 주셨습니다. 엄마, 아빠가 이렇게 적극적이지 않았다면 제 길을 찾기까지 훨씬 오랜 시간이 걸렸을 것입니다. 이런 면에서 다른 사람들에 비해 운이 좋았다고도 할 수 있죠. 하지만 돌이켜 보면 환경이 모든 것을 결정하진 않았습니다.

항상 그렇지는 않았지만 어느 순간부터 기회는 이상할 정도로 꼭 필요한 순간마다 찾아왔습니다. 관심이 가는 프로그램도 제가 찾던 그 시기에 개설되고 학교 밖 친구들과의 만남을 바라니 실제로 친구가 생기기도 했습니다. 지금 생각해 보면 이 기회들은 제가 시간적으로나 정신적으로 준비가 됐을 때만 찾아왔습니다. 데미안의 말처럼 제 의지가 기회를 끌어당긴 것인지도 모릅니다. 기회는 준비된 자에게만 온다는 말이 어쩌면 정답인 듯합니다. 기회가 우연히 찾아왔다 해도 그걸 알아보고 제때 움켜잡아야지만 의미가 있으니까요. 저는 최대한 많은 사람을 만나면서 제 관심사를 공유하고 제 능력을 향상하는 데 매진했습니다. 그 과정에서 여러 기회가 찾아왔고 저는 그걸 놓치지 않았죠. 여기서는 그중 두 가지 일화를 소개해 보려 합니다.

먼저 마인드맵 수업입니다. 저는 중학교 1학년 때부터 다량의 정보를 한 장의 마인드맵으로 정리하는 기술을 꾸준히 연습해 왔습니다. 벌써 마인드맵 5년 차네요. 그런데 생각보다 많은 사람들이 마인드맵을 잘 모르거나 어떻게 그려야 할지 몰라 활용하지 않는다는 사실을 알고 내심 안타까웠습니다. 정말 유용한 기술인데 저만 알고 있기는 싫었습니다. 이 기술을 공유할 방법이 없을까 고민하던 와중에 2022년 5월 적당한 기회가 찾아왔습니다. 공릉청소년문화정보센터에서 학교 밖 청소년들에게 개인 프로젝트를 위한 지원금을 주고 있다는 정보를 얻은 것입니다. 덕분에 저는 센터에서 청소년과 성인을 대상으로 2시간짜리 소규모 마인드맵 수업을 개설할 수 있었습니다. 장소와 준비물, 프로그램, PPT, 만족도 조사 등 하나부터 열까지 제가 직접 계획하고 추진했습니다. 서튼 부분도 있었지만 다른 사람들에게 재능을 나누는 것만큼 기쁜 일이 없음을 알게 된 시간이었습니다. 참석자 반응도 정말 좋았고 다른 강의 기회가 이어지기도 했습니다(자세한 이야기는 5장에서 해드릴게요).

다음으로 지금 쓰고 있는 이 책도 제 인생에서 가장 큰 프로젝트 중 하나입니다. 저의 언스쿨 경험을 글로 써보면 좋겠다고 생각하던 와중 '책과강연'이라는 출판기획에이전시에서 모집하는 100일 100장 글쓰기 프로젝트를 접하게 됐습니다. 처음 이 프로젝트가 론칭했을 때 저보다 먼저 참여했던 엄마가 《나는 프로백일러입니다》라는 책을 출간했는데 그걸 보고 저도 이 기회를 통해 책을 써보자고 결심했습니다. 100일 동안 매일 글을 쓰며 수련한 뒤 청소년 작가에 도전했습니다.

글 한 편을 쓰는 것은 자주 해봤지만 여러 편의 글을 이 정도로 짜임새 있게 구성하는 것은 처음입니다. 현재 목표한 분량의 절반을 조금 넘게 썼지만 제 생각을 기승전결로 구성해 풀어내는 것은 여전히 어렵습니다. 혼자서 일기를 쓰거나 블로그 포스팅을 하는 것과는 전혀 다른 세상입니다. 그럼에도 꿈을 이루기 위해 저는 오늘도 자판을 두들깁니다. 글을 쓰면서 제 철학이 더욱 견고해지고 작문 실력 또한 느는 것 같아 즐겁고 행복합니다.

이미 자유의 길을 걷고 있다면 최대한 많은 사이트를 뒤져보고 나와 처지가 비슷하거나 나를 도와줄 수 있는 사람을 발품 팔아 만나보라고 권하고 싶습니다. 물론 직접 일을 추진하고 먼저 연락하는 게 부담스러울 수 있습니다. 하지만 내가 움직이지 않으면 그 누구도 손을 내밀어 주지 않습니다. 자유는 스스로 행할 수 있음을 의미하니까요. 내 의지가 흔들린다면 눈앞의 기회도 물 건너가게 됩니다. 비교적 시간이 많아졌다고 안주할 수 없습니다. 내 인생을 내가 책임지는 이상 내 판단과 행동 하나하나가 좋게든 나쁘게든 내게 돌아오게 돼 있으니까요. 저도 지난 2년 동안 방황하거나 시간을 흥청망청 흘려보낸 때가 분명 있었습니다. 지나간 시간은 돌아오지 않지만 지금부터 시작해도 모든 것을 원하는 대로 바꿀 수 있습니다. 그러니 더 열심히 보고 듣고 찾고 달리면서 자신의 운을 스스로 만들어 가길 바랍니다. 하늘은 스스로 돕는 자를 돕는다고 하니까요.

무엇보다 내 길에는 나밖에 없어 보여도 학교 밖 숲에는 생각보다 많은 사람이 돌아다니고 있다는 사실을 잊지 않길 바랍니다. 울창한 나무와 어둠에 가려져서 그렇지 사람도 자원도 무수히 많거든요. 당신이 지금 서 있는 곳도 이미 거쳐 간 사람이 한 명쯤은 있기 마련입니다. 직접 찾아갈 용기가 없다면 적어도 우연한 만남만큼은 그냥 흘려보내지 마세요. 누군가 다가온다면 두 팔 벌려 환영하진 못하더라도 최소한 피하진 마세요. 물어보고 찾아보고 해보세요. 분명 밝은 햇살이 당신을 비출 것입니다.

매일 내일을 기대하며 사는 홈스쿨러 김푸름

Q 자기소개를 해주세요.

2005년생이고 현재 18세인 김푸름입니다. 사계절, 낮과 밤을 모두 사랑합니다.

Q 학교는 언제, 어떤 계기로 나오게 됐나요?

초등학교를 졸업한 후 자연스럽게 근처 중학교로 진학했습니다. 그러다 2학년 중순에 대안학교로 전학을 갔습니다. 학교를 옮긴 이유는 많지만 신체적 문제 비중이 컸습니다. 그 무렵 정확한 이유를 알 수 없는 난치성 희소 질환이 발병했고 스트레스를 줄이는 것이 급선무였습니다. 또 당시 또래로부터의 언어폭력에 학교가 적극적인 조처를 하지 않아 실망감도 컸어요.

평상시 학교가 실시하는 다양한 진로교육 · 체험들이 시간 낭비라는 생각을 자주 했습니다. 학교 교육이 진정한 '교육'이라기보다는 좋은 성적표를 받아 다시 상급 학교로 진학하기 위한 수단일 뿐이라는 생각도 함께요. 물리적 요소를 떠나 시스템 자체에 대한 불편한 마음이 제 결정에 마침표를 찍었습니다. 당시 주변 사람들은 제 결정이 급작스럽다고 말했지만 오래전부터 품어온 생각이었고 그저 후련하기만 했습니다.

이렇게 학교의 문제 처리 방식과 활동 등에 대한 실망 그리고 건강 악화로 중학교를 옮기게 됐지만 막상 옮긴 학교도 기대와는 달리 전과 크게 다를 것이 없었습니다. 공립학교가 아니어서 커리큘럼 변화가 컸고 경제적 부담도 있어서 오히려 문제가 더 많아졌죠. 약 1년 반을 다니며 고민하다가 결국 올해 학교를 완전히 그만뒀습니다.

학교를 완전히 나온 뒤 어떻게 지냈나요? 그리고 현재는 어떤 활동을 하고 있나요?

ㄴ 일반학교에서 대안학교로 옮길 때와는 달리 후련함보다 급한 마음이 들었습니다. 저는 중학생이 아닌 열여덟 살이고 학교에 다니는 친구들이 모두 대입에 몰두하고 있었기 때문입니다. 그럼에도 약 한 달 동안은 휴식을 가지며 가족과 깊은 대화를 나누고 함께하는 시간을 늘렸고 4월에는 고졸 검정고시에 응시해 합격했습니다.

현실적으로 고등학교 2학년에 다시 일반학교로 편입하는 것은 어려울 것 같았어요. 이때 마침 홈스쿨링 프로그램을 알게 돼 바로 문의했고 상담과 고민 끝에 홈스쿨링을 선택했습니다. 7월 말에 11학년 과정을 마쳤고 현재는 토플과 SAT 시험을 준비하며 12학년 과정을 밟고 있습니다. 또 잠시 쉬었던 인스타툰 활동을 다시 시작하기 위해 원고를 만들고 있어요.

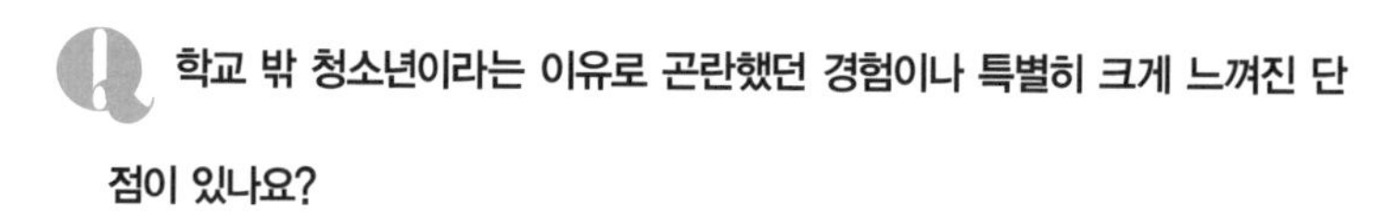

학교 밖 청소년이라는 이유로 곤란했던 경험이나 특별히 크게 느껴진 단점이 있나요?

처음 만난 사람과 대화를 나눌 때 제 나이를 밝히면 대부분 어느 고등학교에 다니는지 물어봅니다. 현재 학교에 다니지 않고 있다고 말했을 때 반응은 둘로 나뉩니다. 하나는 어떤 사정이 있겠거니 하며 얼버무리는 것이고 다른 하나는 그 사정이 뭔지 구체적으로 물어보는 것입니다. 후자의 경우 처음 만난 사람에게 준비되지 않은 상태에서 지극히 개인적이고 긴 이야기를 해줘야 한다는 게 부담이 될 때가 많았어요.

가장 큰 단점을 꼽자면 혼자 있는 시간이 많아지는 거예요. 저는 외향적이고 친구들과 시간 보내기를 좋아하는데 학교를 나오면서 자연스럽게 친구들과 멀어졌습니다. 사는 세상이 다르니까요. 예상은 했지만 생각보다 너무 외로웠습니다. 그리고 부끄럽게도 그 혼자 있는 시간을 계획대로 활용하지 못하고 무의미하게 흘려보낸 날들이 많았어요. 이런 날이 누적되면서 제 나태함을 자책하며 스스로에게 실망도 했고요. 아직 이 문제가 완전히 해결되진 않았지만 현재는 전보다 책임감이 강해져 시간 관리가 훨씬 수월해졌습니다.

Q 반대로 홈스쿨링 생활 중 가장 좋았던 점은 무엇인가요?

↳ '자율성'이 가장 큰 장점이라고 생각합니다. 내가 언제, 어디서, 어떤 일을 할지 스스로 정할 수 있다는 것. 내가 원하는 시간에 도서관을 갈 수 있고 공부하고 싶은 것이 있으면 몇 시간이든 더 할 수 있다는 것. 그림을 그리거나 글을 쓰고 싶으면 곧바로 시작할 수 있다는 것. 이렇게 좋아하는 일을 원할 때 할 수 있다는 점이 정말 좋습니다. 시간과 장소의 제약이 있는 학교와는 정반대죠. 제가 원하는 일을 스스로 정해서 하면 학교에 다니면서 이유 없이 공부하고 무의미한 활동을 할 때보다 하루하루가 더 기대됩니다.

이 자유를 통해 꼭 이루고 싶은 꿈이나 목표가 있나요?

↳ 저는 꿈이 불규칙적으로 그리고 동시다발로 생겨납니다. 나이가 들어가면서 경험이 쌓이고 하고 싶은 일의 폭도 그만큼 커지고 있어요. 어릴 때부터 친구로 지냈던 책을 제 이름으로 내보고 싶고 저와 비슷한 심리적 어려움을 겪는 사람들을 위한 연구도 해보고 싶어요. 이 꿈들이 아직은 멀게 느껴지지만 당장 제가 매일 이루고 싶은 목표는 무엇보다 인격적 발전이에요. 때때로 지금보다 어렸을 때 제가 더 성숙했다는 생각이 들어 현재 모습에 좌절하고 미래에 대한 불안을 느낍니다. 그렇기에 성실성, 정직함, 상냥함 등 제가 생각하는 중요한 가치를 잃지 않으면서 항상 오늘이 어제보다 더 나은 제가 되고 싶습니다.

Q 푸름 님의 모든 꿈을 진심으로 응원합니다. 이제 인터뷰를 마무리하려고 합니다. 마지막으로 학교를 나오는 것을 고민하는 청소년들에게 해주고 싶은 말이나 꼭 알려주고 싶은 정보가 있나요?

└→ 학교 밖 일상은 온전히 자신의 책임으로 이뤄져 있으니 무엇보다 학교를 나오는 일 자체를 깊게 생각해 보면 좋겠습니다. 분명 학교 밖 삶에는 이점이 많지만 본인 성향이나 마음가짐을 잘 고려하고 결정해야지만 제대로 활용할 수 있습니다.

자신의 시간이 늘어나는 것과 할 수 있는 일의 범위가 커지는 것, 즉 자유는 양날의 검입니다. 이를 현명하게 활용하지 못하고 너무 긴 방황을 하면 학교에 다니는 것보다 못한 나날을 보낼 수도 있어요. 대신 잘 이용했을 때는 인생이 본인이 만족하는 시간으로 가득 채워질 거예요. 학교 안팎의 모든 청소년을 응원합니다.

4장

언스쿨러로 살아남기

검정고시 격파하기

검정고시는 많은 학교 밖 청소년들이 골머리를 앓는 시험입니다. 이 시험을 통과해야만 초·중·고를 졸업한 것과 동등한 학력을 인정받을 수 있죠. 전혀 어려운 시험이 아니지만 대부분의 학생들이 검정고시라는 이름에 막연한 불안감을 느끼고 선뜻 학교를 나오지 못하거나 나온 후에도 1년 이상 시험 응시를 미루는 경우가 허다합니다. 3년 혹은 6년 치 공부를 한 번에 몰아서 하고 전 과목을 하루에 다 본다는 이유로 기출문제를 보기도 전에 겁부터 먹기 때문입니다. 저도 학교를 나올 때 가장 고민이었던 점 중 하나가 검정고시였습니다. 도대체 저 많은 양을 언제 공부하지? 내가 할 수 있을까? 그것도 혼자서?

다행히 저보다 먼저 홈스쿨을 시작한 동생이 검정고시도 먼저 봤기에 걱정 대부분은 덜어낼 수 있었습니다. 엄마도 최대한 시험을 빨리 봐야 한다는 의견이라 가장 이른 2021년 8월 고졸 검정고시를 신청했습니다. 사실 겨울방학 기간 동안 마음 편히 공부해 졸업 직후인 4월에 보고 싶었지만 규정상 검정고시는 졸업 후 한 학기 이상이 지나야만 응시할 수 있어 미룰 수밖에 없었습니다.

검정고시는 학교 시험이나 수능과는 완전히 다릅니다. 평균 60점만 넘기면 합격이고 점수와 상관없이 고등학교 졸업 자격이 인정됩니다. 단, 고졸 검정고시의 경우 고득점을 노리는 것이 입시 준비에는 유리합니다. 검정고시는 일반학교 내신보다 쉽기 때문에 전 과목 100점을 맞아야 대학에서 최대 3등급으로 인정해 주거든요. 따라서 수시로 대학 입시를 준비하는 고졸 검정고시 응시자들은 점수에 신경을 써야 합니다. 물론 정시를 준비한다면 크게 상관은 없지만 상위권 대학의 경우 최고 점수뿐만 아니라 지난 시험 성적까지 모두 조회할 수도 있습니다. 초·중등은 몰라도 고등 검정고시의 경우 부분 과락이나 턱걸이 합격은 입시에 불리한 영향을 미칠 수 있습니다. 철저하게 준비해 한 번에 고득점으로 끝내는 것이 여러모로 좋습니다.

고등학교 3년 과정이라는 넓은 시험 범위는 오히려 유리하게 작용합니다. 학교 중간고사나 기말고사와 달리 검정고시는 시험 범위가 광범위하고 수학(20문항)을 제외한 전 과목이 25문항이라 핵심 내용만 골라 출제할 수밖에 없습니다. 학교 시험처럼 출제 범위가 좁다면 세세한 이해와 암기가 필요하지만 검정고시는 아닙니다. 문제를 특별히 '꼬아서' 낼 수가 없습니다. 검정고시는 수능이 아닙니다. 3년 치라는 진도가 무섭게 느껴질 수 있지만 독학으로도 충분히 가능합니다. 정 못 믿겠다면 한국교육과정평가원에 들어가 기출문제를 직접 찾아보세요. 제가 그랬던 것처럼 두 눈으로 확인하지도 않고 막연하게 두려워하는 일은 없어야겠죠?

검정고시의 유리한 점 또 하나는 바로 절대평가 방식이라는 것입니다. 경쟁자 개념이 없기에 심리적 압박을 느낄 필요가 전혀 없습니다. 시간제한이 있을 뿐 혼자 문제집을 푸는 것과 별반 다르지 않습니다. 무조건 내가 노력한 만큼 점수가 나오는, 한 달이나 길어도 3개월 정도 집중적으로 공부하면 충분히 고득점이 가능한 시험입니다. 저도 한 달 반 동안 준비해 전 과목 평균 98점을 받았습니다. 평소 학습을 꾸준히 한다면 분명 누구나 고득점을 받을 수 있다고 확신합니다.

전 과목을 공부하는 데 가장 중요한 부분은 바로 교과서, 즉 '기본 개념'입니다. 검정고시 시험문제는 절대 종이 위 내용을 벗어나지 않습니다. 교과서를 충실히 공부하기만 하면 실제로 '올백'이 가능하다는 뜻입니다. 돌발 퀴즈는 없습니다. 공부해 본 결과 교과서를 이해하고 시험 지문을 제대로 읽기만 해도 80점은 넘길 수 있다고 분명하게 말할 수 있습니다. 여기서 약간의 기술만 있다면 100점은 코앞입니다. 내가 충실하게만 준비해 왔다면 분명 원하는 결과를 얻을 수 있을 것입니다. 다시 강조하지만 검정고시는 충분히 독학할 수 있는 시험입니다. 매번 시험 범위가 같고 난이도 조정도 크지 않기 때문에 기출문제를 반복해 풀다 보면 출제 방식과 스타일을 파악할 수 있습니다.

학습을 지원받을 수 있는 경로도 많습니다. 저는 '친구랑'에서 무상으로 교재를 지원받았습니다. 전국적으로 지원센터가 있는 꿈드림에는 검정고시 스터디 그룹도 있고 시험 당일 점심 도시락을 제공해 주기도 합니다. 대학생 멘토에게 1:1 무료 멘토링을 받을 수도 있고요. 센터마다 다르지만 학교 밖 청소년 지원 중 가장 많고 흔한 항목이 검정고시 관련 지원입니다. 필요하면 언제든 받을 수 있는 서비스니 잘 활용하길 바랍니다.

마지막으로 검정고시는 응시 자격이 생기는 시점부터 1년 이내로 끝내라고 권하고 싶습니다. 빨리 볼수록 그만큼 시간이 확보되고 학교 다닐 때 하던 공부가 아직 기억에 남아 있어 공부하기가 훨씬 수월합니다. 그래선지 저는 따로 공부를 하지 않았는데도 레벨 테스트에서 전 과목 75점을 넘겼습니다. 검정고시를 준비하다

보면 4월보다 8월 시험이 더 어렵다는 소문을 듣게 될 수도 있는데 솔직히 큰 차이는 없습니다. 반드시 해야 하는 일인 만큼 검정고시라는 관문을 빨리 통과해 마음 편히 자신이 하고 싶은 일을 찾으면 좋겠습니다.

검정고시 한눈에 보기

검정고시는 수능처럼 1년에 한 번만 볼 수 있나요?

└→ 아뇨, 검정고시는 4월과 8월에 한 번씩 1년에 2회 응시할 수 있습니다. 단, 학교에서 나온 지 얼마 되지 않았다면 한 학기가 지난 후에 응시 자격이 주어집니다. 예를 들어 고등학교 1학년 1학기 중 자퇴했다면 2학기에는 보지 못하고 이듬해 1학기부터 볼 수 있습니다.

총 몇 과목을 시험 보나요? 시험 시간은요?

└→ 초졸은 필수과목 4개/선택과목 2개, 중졸은 필수과목 5개/선택과목 1개, 고졸은 필수과목 6개/선택과목 1개를 봅니다. 초졸은 두 과목씩 묶어서 3교시 동안 시험을 보고 중졸과 고졸은 각각 6교시, 7교

시까지 봅니다. 시험 시간은 과목별 30~40분이고요. 더 자세한 시험 정보는 평가원이나 지원센터에서 알아볼 수 있습니다.

Q 검정고시에 합격하려면 학원에 다녀야 하나요?

└→ 일단 '합격'이 목표라면 독학으로도 충분합니다. 단, 고득점 혹은 만점을 노리고 있다면 꿈드림이나 친구랑 같은 지원센터에서 무료 멘토링을 받으며 보강하는 것을 추천합니다. 굳이 검정고시를 보기 위해 돈을 들일 필요는 없습니다. 무료로 받을 수 있는 지원이 충분히 많습니다.

Q 검정고시 공부 꿀팁이 있나요?

└→ 제가 추천하는 공부법은 '한 장 정리'입니다. 시험 보기 일주일 전에 과목별로 종이 한 장에 내용을 요약하는 시간을 가져보길 바랍니다. 방대한 내용을 하나의 이미지로 머릿속에 각인하기도 좋고 무엇보다 시험장에 무거운 교과서나 참고서가 아닌 파일 하나만 갖고 갈 수 있습니다. 대신 지문이 긴 국어나 그림이 중요한 과학 같은 경우 두세 장에 걸쳐서 정리했습니다.

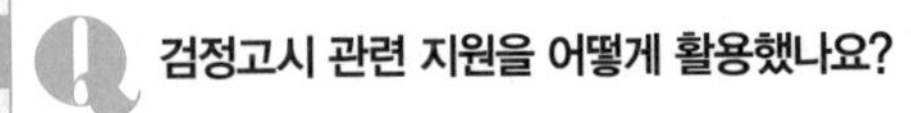

검정고시 관련 지원을 어떻게 활용했나요?

저는 서울시 친구랑에서 무료로 교재와 인강을 지원해 줘서 필요한 과목(역사, 과학, 사회)에 적절히 활용했습니다. 국어의 경우 계속 한두 문제씩 틀리는 경향이 있어 한 달 정도 1:1 대학생 멘토링을 받으며 자잘한 실수를 고쳐나갔습니다.

시험을 볼 때 가장 중요하다고 생각하는 것이 있나요?

검정고시의 근본은 '기본'에 있다고 생각합니다. 기본에는 교과서도 있지만 더 본질적으로 들어가면 '어휘'가 있습니다. 문제 자체는 쉽지만 몇몇 단어의 뜻을 파악하지 못해 틀리는 경우가 꽤 있다고 들었습니다. 특히 한자 어휘에 어려움을 많이 겪는다고 하니 시험 보기 전에 단어 뜻은 꼭 확실하게 알고 가세요!

떨어지면 어떡하나요? 재응시가 가능한가요?

검정고시는 과목별로 응시 가능한 시험이기 때문에 한 과목에서 만족스럽지 못한 점수를 받았거나 과락했다면 다음 시험에 그 과목만 재응시할 수 있습니다! 단, 기록에는 남으니 이 점 유의하길 바랍니다.

24시간 통제하기

앞에서도 여러 번 언급했지만 학교라는 제약이 없어지면 가장 무너지기 쉬운 것이 생활습관입니다. 학교에 다닐 때는 6시에서 8시 사이에 무조건 일어나야 하지만 그 강제성이 사라지는 순간 한 시간, 두 시간씩 늦잠을 자게 되고 나도 모르는 사이 밤낮이 바뀌고 맙니다. 비난할 일은 아닙니다. 학교에 다니는 친구들도 방학이 되면 평상시 루틴이 깨지기 마련이고 사실상 제약이 없는 상태에서는 청소년이 아닌 누구라도 그럴 수 있습니다. 저 역시 취침 시간이 자정을 넘긴 적이 수두룩합니다. 학교에 다니고 말고를 떠나 청소년이 12시 이전에 잠들려면 큰 노력이 필요합니다. 하루 일과가 끝난 뒤 SNS나 유튜브 같은 걸 잠깐만 들여다봐도 눈 깜짝할 사이에 몇 시간이 흘러갑니다. 성인도 자제하기 어려운 것들인데 청소년에게는 얼마나 더 유혹적일까요. 다행히도 약 2년이 흐른 지금은 대체로 밤 10시에 잠자리에 들고 아침 5시에 기상하는 습관을 들였습니다. 최근에는 유학 준비도 끝났고 저녁이나 밤에 시작해야 하는 일들이 많아져 다시 취침 시간이 늦어졌지만 몇 시에 자든 늦어도 7시쯤에는 일어나려고 노력하고 있습니다.

특히 뚜렷한 목표가 생기기 이전에 저는 밤은커녕 낮조차 제대로 활용하지 못했습니다. 하지만 청소년 작가가 되겠다는 꿈이 생기면서 일찍 자고 일찍 일어날 이유가 생겼습니다. 글을 쓰기 위해서는 적어도 한 시간 이상 가만히 앉아 집중하는 시간이 필요한데 밤에는 그런 상태를 유지하기 힘들다는 걸 깨달았고 이후 억지로라도 침대에 일찍 눕기 시작했습니다. 늦게 잔다고 딱히 이로운 점도 없을뿐더러 제가 원하는 양질의 글을 쓰기 위해서는 밤에 꼭 자야 했거든요.

유학을 준비하면서도 일찍 일어날 필요성을 느꼈습니다. 저는 홈스쿨러 전형으로 원서를 준비해야 하므로 현지 카운슬러의 도움을 받았습니다. 그러다 보니 이메일이나 구글 독스 댓글을 통해 주로 소통하게 됐는데 서로 활동 시간대가 달라 제가 자기 전에 댓글을 달면 아침에 답이 와 있고 궁금한 것이 있어도 다음 날 아침까지 기다려야 물어볼 수 있었습니다. 하지만 제가 한두 시간만 일찍 일어나면 서로의 메시지를 더 빨리 확인할 수 있다는 걸 깨달았습니다. 시간을 유용하게 활용하고 장기적으로는 돈도 아낄 수 있는 최고의 방법을 그냥 지나칠 수는 없었죠. 덕분에 아침 일찍 눈을 뜰 원동력이 하나 더 생겼습니다.

이처럼 일찍 일어나야만 하는 이유가 생기면 누구나 어렵지 않게 아침형 인간이 될 수 있습니다. 오히려 일찍 일어나니 하루가 더 길게 느껴지고 대낮이면 들려오는 창밖의 잡다한 소음도 없어 당장 급한 작업에 집중하기 안성맞춤이었습니다. 해 뜨기 전에 일어난다는 약간의 성취감도 맛볼 수 있습니다. 처음에는 습관을 들이기까지 이를 악물고 일어나야 했지만 이제는 그렇게 힘들지 않습니다. 조금 일찍 자고 일찍 일어날 뿐 총수면 시간은 약 7시간 정도니 피곤하지 않습니다. 자연스럽게 유튜브를 보는 시간도 대폭 줄어 자주 보던 채널 구독을 대부분 취소한 상태입니다. 굳이 단점을 꼽자면 친구들이 모두 늦은 밤에 활동해서 실시간 연락이 비교적 어렵다는 것 정도랄까요.

저는 학교 밖 청소년 중에서도 정말 드문 경우긴 합니다. 아마 제 개인적 목표가 아니었다면 이런 루틴을 시작할 일도 없었을 것입니다. 하지만 5시 기상을 실천하기 이전에도 저는 학교에 다닐 때와 비슷하게 7~8시 사이에 일어나고 있었습니다. 구체적인 목표는 없는 상태였지만 적어도 자율적으로 공부하면서 제가 하고 싶은 일을 찾겠다는 의지가 있었기에 가능했던 일입니다. 더는 생각 없이 앞만 보며 살고 싶지 않고 학교라는 틀에 얽매이지 않은 상태로 더 넓은 세상으로 나가 자유롭게 하고 싶은 일을 탐색하겠는 의지가 있었기에 생활 패턴이 크게 무너지지 않았습니다.

이상적인 시간대에 잠들고 일어나기만 해도 학교 밖 청소년에 대한 사회적 시선을 바꾸는 데 도움이 되기도 합니다. 제가 평소에도 8시 이전에 일어난다고 하면 '학교 안 다니는 애'가 규칙적으로 생활을 한다는 사실에 놀라는 사람이 많았습니다. 비교적 낮은 기준이 역으로 좋은 인식을 주는 걸까요. 개인적 의견이지만 인식이 부정적인 소수집단일수록 그 반대 모습을 보이는 게 편견을 없애는 괜찮은 방법이라고 생각합니다. 생활 방식이 꼬였다고 사람이 꼬인 것은 아니지만 학교에 안 다니는데 새벽 3시에 자서 정오가 지나 일어난다고 하면 오해의 골이 깊어질 수도 있으니까요.

아마 저마다 업무 효율이 가장 활발한 시간대는 다를 것입니다. 저는 주로 아침~점심 그리고 초저녁을 선호합니다. 오후에는 나른하고 졸릴 때가 많고 밤에는 뇌가 이미 종일 일했기 때문에 뭘 해도 100퍼센트가 되지 않더라고요. 특히 밤에는 이것저것 유혹이 많기도 합니다. '자기 전에 영상 하나만 보고 자야지' 하고 생각해 버릴 여지가 너무 많습니다. 개인차는 있겠지만 낮은 활동성이 높은 시간이니 타인과 건강한 관계를 위해 깨어 있고 밤에는 자신의 내면의 소리에 귀 기울이며 하루를 정리하고 내일을 계획하는 방식을 추천합니다. 이런 패턴을 유지하기 위해서는 일찍 자고 일어나는 습관이 필요합니다. 아직 살날이 많은 10대에게 기본적인 체력과 시간 관리는 필수입니다. 이것저것 시도해 보며 자신만의 건강한 생활 리듬을 찾아 나가길 바랍니다. 언스쿨러란 꿈을 찾기 위해 다양한 시도를 해보는 사람이니까요.

대안학교 찾기

"하은아, 너는 학교와는 잘 맞지 않는 애야. 더 다양한 경험을 했으면 하는데 대안학교에 다니는 건 어때?"

거꾸로캠퍼스라는 대안학교 설명회를 듣고 엄마는 제게 이렇게 제안했습니다. 말했듯이 아직 학교에 미련이 남아 있던 저는 단칼에 거절했지만 그로부터 3년이 흐른 지금까지도 후회하는 결정 중 하나입니다. 당시 저에게는 대안학교가 제 자신을 탐색할 최고의 방법이었을 텐데 왜 알아차리지 못하고 1년 반을 더 꾸역꾸역 학교에 다녔을까요. 참 알다가도 모를 일입니다.

대안학교는 일반학교와 완전한 자유의 중간 단계인 것 같습니다. 공교육만큼 억압적이지 않고 원하는 분야를 탐구해 볼 수 있는 자유로움이 주어집니다. 동시에 규칙적인 등·하교나 기본 교과목 수업은 일종의 안전장치로 작용하고요. 캠퍼스가 여러 개인 경우도 많지만 어쨌든 정해진 공간이 있기에 학교에서처럼 자연스러운 커뮤니티가 형성되기도 합니다.

제가 생각하는 대안학교의 최대 장점은 '학교'라는 형식을 빌리지만 그 안에서 학생들이 배우고 진행하는 활동은 새로운 목적 아래 특별한 방식으로 가르친다는 것입니다. 일반학교보다는 학생 수가 적어 소규모 수업이 이뤄지고 그렇기 때문에 나에게 더 맞는 학습 방법을 찾아나갈 수 있습니다. 학교는 학생들이 기본 교과목을 들으면서도 나머지 모든 시간에는 팀별 혹은 개인별로 자신이 열정을 갖고 임할 수 있는 프로젝트를 진행하도록 유도합니다. 한 예로 거꾸로캠퍼스에서는 사회문제를 사업으로 해결하면서 기업가 정신을 배양하는 것을 목표로 하는 아이랩I-Lab 프로그램을 통해 학생들이 광장시장 한복거리 활성화를 위해 가게와 소비자를 연결해 주는 플랫폼을 개발하면서 직접 마케팅을 체험해 볼 수 있게 하기도 했습니다.

저는 대안학교에 다녀보지 않아 그 경험을 자세히 설명할 수 없지만 대안학교에 다니고 있거나 졸업한 학생들의 후기를 보면 교육과정을 진심으로 즐기고 본인의 역량을 찾아나가며 행복해하는 모습이 자주 보입니다. 대안학교에서는 적어도 능동적으로 사고하는 방법을 배울 수 있는 듯합니다. 학업을 놓지 않으면서 '진짜 세상'과 대면하는 기회가 주어지기도 합니다.

특히 대안학교에서 근무하는 선생님 대부분은 학교 밖 청소년에게 우호적이면서 개방적인 교육 철학을 갖고 있습니다. 일반학교에서처럼 선생님마다 편차가 크지 않고 적극적으로 우리를 지원해 주는 분들이라 믿을 수 있습니다.

대안학교가 무시당하던 시대는 이미 지났습니다. 어떤 곳은 오히려 오랜 공립학교보다 더 믿음직해 보이기도 합니다. 단, 별다른 입학 조건이나 면접 절차조차 없이 수익만을 위해 학교를 운영하며 학생을 받는 곳도 있으니 조심해야 합니다.

만약 학교를 완전히 떠날 생각은 없는데 한숨 돌리고 싶다면 '오디세이학교'를 추천합니다. 오디세이학교는 고등학교 1학년으로 올라가는 학생을 대상으로 1년 동안 보통교과 시수를 최소화하고 자율적 학습을 할 수 있게 해주는 곳으로 서울에 총 5개 캠퍼스가 있습니다.

저 역시 학교를 나올지 말지 고민하던 중 오디세이학교 체험 모집 공고를 보고 현장체험학습을 신청해 오디세이 민들레 캠퍼스에 다녀온 적이 있습니다. 확실히 오디세이학교의 수업은 지금껏 경험해 온 수업과는 달랐습니다. 철학 수업을 하고 토론을 하고 기타와

배드민턴을 쳤습니다. 학년이라는 개념이 없어 모두가 편하게 대해 주는 게 신기했습니다. 학교에서 항상 필요했던 팽팽한 긴장감을 잠시나마 놓을 수 있었죠. 다만 오디세이학교는 한 해를 마친 후 일반고에 복학한다는 전제로 가는 곳이기 때문에 학교와 완전히 연을 끊고 싶었던 제게는 맞지 않았습니다. 오디세이학교는 1년 교육과정을 이수한 후 2학년으로 진학하거나 본인이 희망하면 1학년으로 복교도 가능합니다.

대안학교를 찾다 보면 오히려 일반학교가 지금의 나에게 더 필요하거나 적합하다는 판단을 내리게 되는 경우도 있습니다. 실제로 제 친구 중 한 명은 대안학교에 다니다가 일반고 1학년으로 복학했습니다. 학교에 다니면서도 대안학교에 다니면서도 참 고민이 많았던 친구입니다. 학교에서는 가르치지 않는다고 생각한 철학을 공부하고 싶어 여러 대안학교를 전전했다고 하는데요, 그 과정에서 많은 배움과 성장을 하며 철학 교수라는 장래 희망을 품게 됐고 이 꿈을 이루기 위해 다시 학교로 걸음 했습니다. 목표가 뚜렷해진 후 학교를 보니 많은 것이 달라졌다는 이야기가 인상적이었습니다. 공교육과 오래 떨어져 있어 적응하기가 어렵긴 했지만 지금은 무조건 부정적으로만 봤던 학교에서 능동적으로 배움을 얻어내고 있다고 합니다(이 장 끝에 이 친구의 인터뷰를 실었으니 꼭 읽어보면 좋겠습니다).

나라는 사람과 나를 둘러싼 세상을 알고 싶다면, 공교육에 회의적이거나 학교 밖으로 완전히 나오는 게 나에게 맞을지 고민된다면 입학 설명회나 상담, 일일 체험 등을 통해 대안학교를 경험해 보세요. 혹시 모르죠. 색다른 교육 시스템이 알고 보면 학교 밖 생활보다 나와 더 찰떡궁합일지도요.

학교 밖 청소년 지원 활용하기

깜짝 퀴즈! 학교 밖 청소년도 재학생처럼 급식 지원을 받을 수 있을까요?

학습 지원이라면 몰라도 식사 지원은 안 될 거라 생각할 수도 있지만 놀랍게도 많은 학교 밖 청소년 지원센터가 급식을 지원하고 있습니다. 지원 방식은 센터마다 다르지만 제가 다닌 강동구 꿈드림과 광진구 꿈드림 센터에서는 매일(주중) 방문하는 청소년 대상으로 인근 식당에서 밥을 먹을 수 있는 식사비를 지원해 줍니다. 강동구 꿈드림에서는 지정된 식당에 가서 식사를 하면 그 금액이 꿈드림으로 청구되고 광진구 꿈드림에서는 지정된 식당이 아닌 원하는 메뉴를 배달 앱으로 주문하는 것도 가능합니다. 이렇게 센터마다 지원 방식은 상이하지만 어떤 지원이든 받을 수 있다는 사실은 분명합니다.

동생이 처음 홈스쿨을 시작하기로 했을 때 엄마는 정보 부족으로 많이 힘들어했습니다. 사실 몇 년 전까지만 해도 우리 자매가 학교를 나오는 상황은 아무도 예상하지 못했습니다. 저도, 동생도, 엄마 아빠도 우리가 우수한 성적으로 초·중·고를 졸업하고 좋은 대학에 갈 줄 알았죠. 평범한 가정에 사는 평범한 아이 둘이 순차적으로, 그것도 동생이 먼저 학교를 나올 거라고 그 누가 예상할 수 있었을까요. 그만큼 학교 밖은 상상조차 해보지 않은 세계였습니다. 그때는 매일 등·하교를 하느라 잘 몰랐지만 동생이 제대로 된 지원을 받으며 홈스쿨을 할 수 있도록 엄마가 각종 사이트를 뒤지고 이곳저곳 전화도 해보며 알아본 덕분에 저는 비교적 편하게(?) 언스쿨러의 삶을 시작할 수 있었습니다.

이렇게 저는 바로 가까이에 선례가 있었지만 학교 밖 청소년에 대한 사회적 인식도 부정적일뿐더러 학교를 나온 뒤 대안이 없다는 생각 때문에 많은 학생과 학부모가 학교 밖 청소년이 되길 주저합니다. 학교에 다니면 사소하지만 얻는 지원이 다양한 것은 사실입니다. 교과서는 말할 것도 없고 급식, 동아리 활동비, 각종 문화체험, 진로 컨설팅…. 그냥 학적만 보유하면 여기저기에서 정보가 자연스럽게 흘러 들어옵니다. 학교 안에서는 당연하게 누릴 수 있는 것들이 학교 밖에서는 그렇지 못합니다. 비관적 시선은 개인이 어느 정도 감수해야 하지만 정책적 부분이 걱정되는 것은 당연합니다. 제도를 떠나는 순간 학교에서 어느 정도 책임져 주던 것들이 모두 개인에게 떠맡겨지니까요. 이 모든 걸 감당할 수 있을까? 내가 실질적으로 지원받을 수 있는 정책이 있기나 할까? 있어도 턱없이 부족하지 않을까? 아무 사전 지식이 없다면 그저 막막할 뿐입니다. 현실적으로 뒷받침할 자원이 없으면 아무리 뜻이 있다 한들 무용지물입니다.

여기서 다시 한 번 퀴즈! 학교 밖 청소년은 과연 몇 명이나 될까요?(힌트: 생각보다 훨씬 많아요!)

2021년 〈여성신문〉의 실태조사에 의하면 학교 밖 청소년 수는 약 40만 명이 넘는 것으로 추정됩니다. 물론 저처럼 자의로 나온 수만 포함하는 건 아니지만 예상을 훨씬 웃도는 수치입니다. 그런데 대표적인 학교 밖 청소년 지원센터 중 하나인 꿈드림을 이용하는 청소년 수는 2019년 기준 4만 8,250명에 불과하다는 점이 놀라웠습니다. 전체 학교 밖 청소년의 약 90퍼센트는 어떤 이유에서든 필요한 지원을 활용하지 못하고 있다는 뜻입니다. 실제로 학교를 나온 뒤 뭘 어떻게 해야 할지에 대한 정보는 제한적입니다. 다음 그래프에서 확인할 수 있듯이 학교에서 어느 정도 정보를 제공하기도 하지만 그 비중은 모두 30~40퍼센트 수준에 머무르고 있습니다.

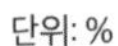

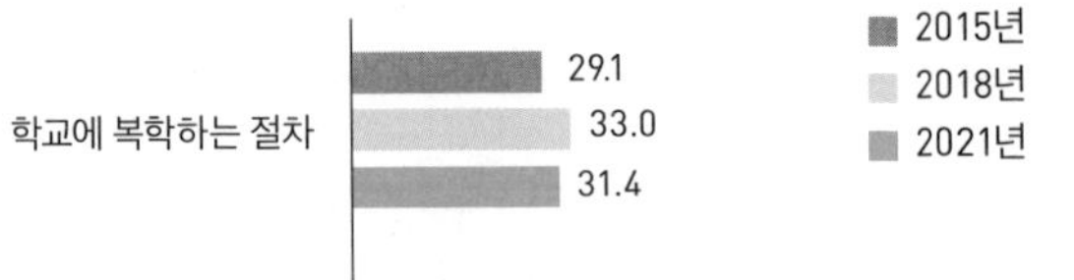

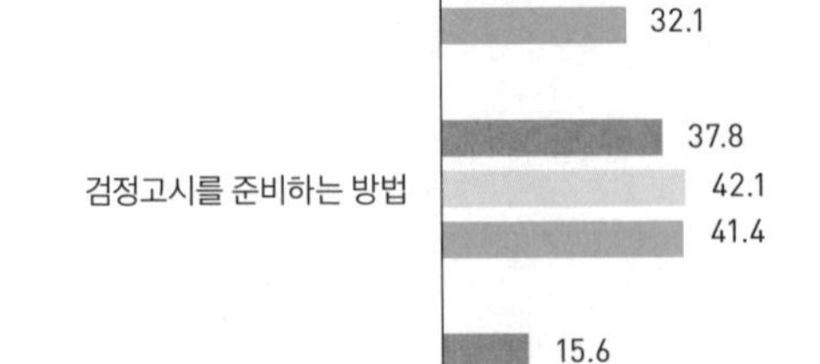

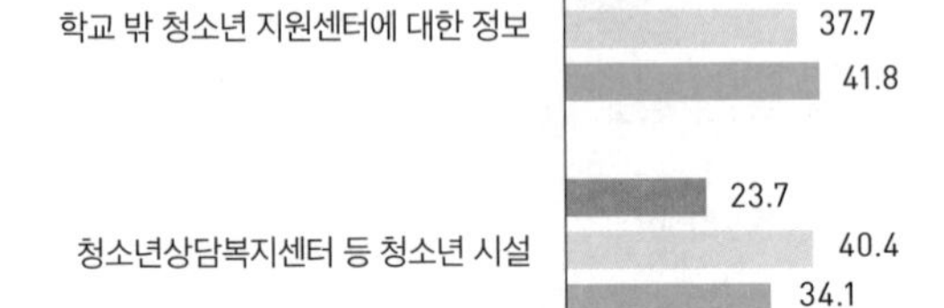

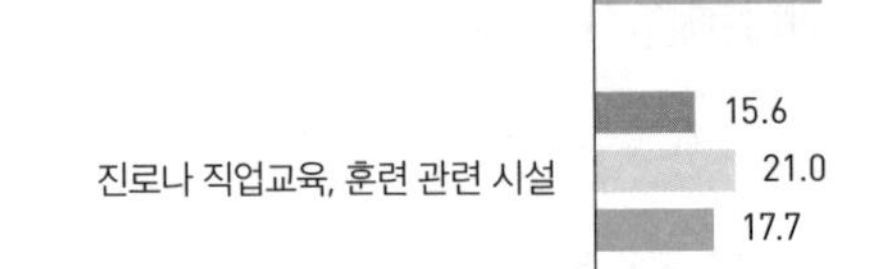

학교를 그만둘 당시 학교에서 받은 정보(연도별)

출처: 여성가족부 공식 블로그

제가 다닌 중학교는 개교 이래 고등학교 미진학 사례가 저를 포함해 단 2명이어서(다른 한 분은 거의 5년 전 졸업했다고 들었습니다) 정보는커녕 공식적인 고교 미진학 서류조차 없었습니다. 물론 학교를 나오는 처지에 정보를 기대하는 게 이상한 그림이긴 합니다.

2022년 발표된 2021년 학교 밖 청소년 실태조사에 따르면 지원 기관이나 서비스를 처음 이용한 시기를 묻는 질문에 응답 청소년의 약 49퍼센트, 즉 절반에 가까운 정도가 이용하기까지 3개월 이상의 시간이 소요됐다고 답했습니다. 지금은 꿈드림이 학교 밖 청소년 사이에 대체로 잘 알려져 있는 편이지만 약 5년 전만 해도 유입 경로가 턱없이 부족했습니다. 제가 아는 청소년 중에는 1년 이상 센터를 몰랐던 사람도, 보유한 청소년증으로 편의점 결제가 가능하다는 사실을 모르는 사람도 있었습니다.

학교 밖에서는 정보가 곧 생명인데 어떤 지원 시설과 정책이 있는지 모를 뿐 아니라 그런 게 있으리라는 생각조차 하지 않는 경우가 수두룩해 안타까울 뿐입니다. 알고 보면 급식뿐 아니라 교통비, 문화 체험비 등 여러 가지 지원이 있는데 말이에요. 저도 작년까지 서울시 친구랑을 통해 매달 학습 지원비 20만 원을 받았습니다. 꼬박꼬박 출석만 해도 매년 240만 원을 버는 셈입니다. 학원 하나 정도는 결제할 수 있는 돈이죠.

정보가 제한된 것은 사실이고 지원 제도가 통일되지 않고 중구난방인 것도 분명합니다. 정말 일처리가 느리거나 치밀하지 못한 시설도 있습니다. 꿈드림만 해도 지역별로 예산이 달라 시설 차이가 크게 납니다. 하지만 주도적으로 알아보고 적극적으로 임하면 주위에서 얼마든지 정보를 구할 수 있습니다. 만약 학교 밖 생활을 고려하고 있다면 적어도 제도적인 지원 부분은 크게 두려워할 필요가 없다고 생각합니다. 이미 학교를 나왔다면 지금 당장 필요한 지원을 해주는 곳으로 달려가세요.

학교 밖 청소년 지원센터 목록

1. 꿈드림(kdream.or.kr)

꿈드림은 학교 밖 청소년이 가장 먼저 찾고 자주 이용하는 지원센터입니다. 여성가족부와 한국청소년상담복지개발원 산하 센터로 전국(제주도 포함)에 지역별 221개 센터가 있습니다. 교육부터 상담, 직업체험 그리고 취업 준비까지 도와주는 등 광범위한 서비스가 제공됩니다. 이 센터에서는 또래인 학교 밖 청소년을 가장 쉽게 만날 수 있습니다. 꿈드림 홈페이지에서는 받을 수 있는 지원이나 각종 프로그램을 모두 조회할 수 있습니다. 학교에서 흔히 볼 수 있을 법한 동아리부터 연극이나 박람회 같은 문화 체험, 국가자격증 준비반 등도 있고 대입 준비도 도움받을 수 있습니다.

꿈드림은 등록 시스템으로 이뤄져 있습니다. 센터에 소속돼 있지 않아도 프로그램에 참여할 수 있지만 지원금의 경우는 중복해 받을 수 없으므로 반드시 한 센터에 등록해야만 합니다. 또 센터가 주관하는 공모전 같은 경우 소속 청소년만 대상으로 하는 경우가 종종 있습니다. 예를 들어 서울시 청소년단 같은 지역 단위 프로그램은 센터별로 인원을 모집해 OO 센터 소속/대표로 참여하는 형식이죠. 센터에 등록한 후에는 매달 새롭게 개설되는 프로그램이나 지원 관련 정보를 문자나 카카오톡으로 수신할 수 있습니다.

저는 현재 강동 꿈드림에 소속돼 있고 급식 위주로 지원을 받고 있습니다. 제 동생은 국내 대학 입시를 준비하고 있어 청소년생활기록부(학교 생활기록부를 대체할 수 있는 서류) 서비스를 이용하고 있고요. 대중교통이 조금 불편해 센터에 자주 방문하진 못하지만 공모전이나 이벤트에는 적극적으로 참여합니다. 2020년에는 '가온나래'라는 직장체험 프로그램에 참여했습니다. 약 150시간 동안 온라인으로 기초직업교육을 받고(20시간) 기초기술훈련(30시간)에서 실제 직장체험까지(100시간) 경험할 수 있었습니다. 저는 데칼 실크스크린이라는 회사에서 일했고 날염 디자인 티셔츠를 제작하는 과정을 배웠습니다. 출근 '지옥철'도 몸소 체험하면서 이걸 십수 년간 거의 매일같이 견딘 아빠가 정말 대단하다고 느꼈습니다. 출근부터가 일이라는 것을 깨닫는 귀한 경험이었습니다. 단, 가온나래는 한 번 참여하면 재참여가 불가능하다는 점이 아쉽습니다.

센터에 꾸준히 방문하다 보면 또래 학교 밖 청소년과 만날 기회가 많아집니다. 관심사가 비슷하면 여러 프로그램에서 마주쳐 자연스럽게 친해질 수 있습니다. 대신 센터가 모든 학교 밖 청소년에게 개방돼 있는 만큼 어느 정도의 나이 차는 있습니다. 저 같은 경우 꿈드림에서 우연히 저보다 한 살 많은 언니를 만났는데 성향이 잘 맞아 다른 프로그램에서도 같이 활동하게 됐고 지금도 연락을 주고받고 있습니다. 센터끼리 협업해 프로그램을 같이 진행하는 경우도 종종 있어 조금만 노력하면 사람들이 흔히 우려하는 '사회성'은 크게 걱정할 필요가 없습니다. 오히려 서로 걸어온 길, 현재 걷고 있는 길이 천차만별이라 더 풍부한 관계를 형성할 수 있습니다.

앞에서 잠깐 언급했듯이 꿈드림의 최대 장점이자 단점은 센터별 편차가 크다는 점입니다. 하나의 중앙기관을 중심으로 하기보다는 각 센터가 자율적으로 움직이는 구조기 때문입니다. 모두 '꿈드림'이지만 몇 곳을 직접 방문해 보면 정말 같은 기관 소속이 맞는지 의심스러울 만큼 분위기나 구성이 완전히 다릅니다. 기본적으로는 센터 위치와 청소년 인구 분포의 영향을 많이 받는 것 같고 학습 지원을 제외한 프로그램은 대체로 담당 선생님의 성향에 따라 편성됩니다(그래서 매년 조금씩 달라지기도 합니다). 예를 들어 제가 현재 소속돼 있는 강동구 꿈드림은 악기나 요리, 공예 관련 프로그램이 90퍼센트 이상을 차지하는 반면 강 건너 광진구 꿈드림은 창업이나 야외 활동이 상대적으로 많습니다. 강동구 꿈드림은 연령이 어린 친구들이 많이 방문하는 곳이기도 합니다. 그래서 프로그램보다는 오히려 검정고시나 수능, 자격증 지원에 힘쓰는 곳도 있다고 들었습니다.

학교를 나오기 전에 꿈드림 센터를 찾아가 미리 상담받는 것도 추천합니다. 어떤 이유로 학교 밖 청소년을 고민하고 있는지, 정말 학교를 나와도 될지, 나온 후에는 정확히 어떤 지원을 받을 수 있는지, 미래는 어떻게 설계할 수 있을지를 전문가와 이야기해 보는 것도 현명한 방법입니다.

꿈드림은 학교 밖 청소년들이 최소한의 권리는 물론 그 이상을 누릴 수 있게 해주는 곳입니다. 이곳에는 나를 판단하려 드는 차가운 시선이 존재하지 않습니다. 서로서로 이해하려고 노력하고 각자의 선택을 존중해 주죠. 학교 밖 청소년이라면 꼭 내 근처에는 어떤 센터가 있고 어떤 지원을 받을 수 있는지, 진행하는 프로그램은 무엇이 있는지 꼼꼼히 알아보길 권합니다.

- **제가 받은 지원**(현재는 이용하고 있지 않거나 서비스가 중단된 것 포함)
  : 교통비, 급식 지원, 건강검진, 증명사진 촬영, 인바디 검사, 검정고시 교재, 직업체험, 동아리, 문화 체험

2. 서울런(slearn.seoul.go.kr)

서울런은 교육 격차 해소를 위해 공부하고 싶은 청소년을 지원하는 플랫폼으로 대성마이맥, 메가스터디, 이투스, 에듀윌, 해커스 등 유명 인터넷 강의 사이트를 골라 무료로 수강할 수 있는 교육 서비스입니다. 2021년 8월 개시됐는데 서울런 덕분에 우리 가족은 사교육비를 크게 절감하고 있습니다.

서울시에 거주하는 6~24세로 수급권자, 차상위계층(중위소득 50퍼

센트 이하)의 소득기준대상이나 학교 밖, 다문화가족, 법정한부모가족, 북한 이탈 청소년이라면 가입 대상에 속합니다. 초·중·고, 검정고시, 언어, 자격증 사이트에서 무제한 인터넷 강의 시청권을 끊어주는데(단, 아이디당 한 사이트만 고를 수 있습니다) 전문 강좌나 독서 서비스는 별도로 운영돼 3개 사이트를 무료로 이용할 수 있습니다. 서비스는 무제한이고 사이트를 변경할 수 있는 기간도 있습니다. 의지만 있으면 전국 최고 인기 강사들을 모두 만나볼 수 있다는 뜻이죠. 보통 이름 있는 인터넷 강좌는 교재까지 포함하면 수강료가 과목당 10만 원이 넘는데 한 과목도 아닌 전 과목을 무제한으로 수강할 수 있다니 몸이 여러 개가 아닌 게 아쉬울 정도입니다.

저와 동생은 둘 다 서울런에 등록돼 있습니다. 저는 작년에 문득 수능 과목 중 사회탐구가 궁금해져 이투스에서 이지영 선생님의 윤리와 사회를 수강했습니다. 이후 제가 미국 유학을 준비하게 되면서 수능을 대비하는 동생이 제 몫까지 열심히 이용하고 있습니다. 고등학교 1학년에 해당하는 나이에 사교육비를 거의 들이지 않는데도 1년 만에 전 과목이 1~3등급 안으로 들어오는 대단한 성과를 보여 언니로서 정말 뿌듯합니다.

교재비는 본인이 부담해야 하지만 서울런 덕분에 부담이 훨씬 덜합니다. 교재비도 다른 지원금으로 충당 가능하고 처음 가입하면 교재 쿠폰도 발급받을 수 있습니다. 굳이 학원에 다니지 않아도 충분한 교육 서비스를 누릴 수 있다는 건 정말 큰 혜택이라고 생각합니다. 종종 각종 이벤트도 진행되는데 동생이 그 혜택을 많이 누리고 있습니다. 심지어 대부분의 경품이 1만 원 이상으로 후한 편입니다.

아직 다른 분야에서는 미흡한 부분이 많지만 적어도 학교 밖 청소년의 교육 문제는 안심해도 될 듯합니다. 검정고시나 수능이라는 분명한 목적이 있든 저처럼 그저 다양한 분야를 탐구해 보고 싶든 절대 놓치지 말아야 할 서비스입니다. 앞으로 이런 서비스가 서울에 한정되지 않고 전국적으로 제공되길 바랍니다.

3. 친구랑(friend.sen.go.kr)

서울특별시교육청 학교 밖 청소년 도움센터인 친구랑도 대표적인 지원센터입니다. 서울에 총 5개(강동구, 노원구, 마포구, 영등포구, 관악구) 센터가 있습니다. 꿈드림과 마찬가지로 검정고시나 학습 지원 같은 교육 서비스와 더불어 2022년까지는 교육참여수당이라는 것을 지급했습니다. 친구랑에 등록된 청소년에게 매월 지급해 주는 교육 활동 지원비로 친구랑 학습 프로그램에 5회 이상 참여하는 조건으로 학교 단계별 월 10~20만 원까지 지원받을 수 있었습니다. (2022년 12월 16일 서울시 교육청은 2023년 학교 밖 청소년 교육참여수당을 전액 삭감한다고 발표했는데요, 이후 추가경정예산안 수정의결로 2022년에 비해 다소 삭감된 금액이 편성됐습니다. 자세한 변동 사항은 센터에 문의해 보길 바랍니다.)

학습 프로그램에는 검정고시 관련 수업부터 춤, 운동, 컴퓨터 자격증, 오케스트라, 영상 편집 등이 있습니다. 교육뿐 아니라 다양한 경험을 할 수 있다는 게 큰 장점입니다. 수요조사를 통해 분기별로 프로그램이 바뀌기 때문에 지루하거나 반복적으로 느껴지지 않습니다.

유료 프로그램을 무료로 수강한다는 점도 중요한 이점입니다. 활동 프로그램의 경우 외부 강사를 섭외하거나 다른 시설을 대여하거나 프로그램에 필요한 재료를 모두 준비해 줍니다. 저는 2022년 6월부터 매주 필라테스 수업을 듣고 있는데 근처 체육관에서 전문 강사가 가르쳐 줍니다. 해당 체육관 홈페이지를 찾아보니 한 반(7명)이 수강하는 데 필요한 금액은 약 12~18만 원이었습니다.

친구랑은 꿈드림과 달리 서울시 교육청에서 운영하는 사업입니다. 지원 범위는 꿈드림에 비해 좁지만 변동이 거의 없고 체계적이라는 장점이 있습니다. 꿈드림과 비슷한 점이 있다면 지역별로 시설 차이가 크다는 것입니다. 먼저 본거지는 신림 친구랑이기 때문에 신림 센터가 시설도 크고 프로그램도 다른 센터에 비해 압도적으로 많습니다. 노원과 마포는 교육 지원과 프로그램이 약 1:1 비율로 섞여 있고 고덕과 영등포는 학습 지원 위주로 편성돼 있습니다. 고덕 친구랑의 경우 프로그램 수는 많지 않지만 프로그램당 책정 비용과 질은 높은 편입니다. 자세한 사항은 홈페이지에 들어가면 모두 조회할 수 있지만 직접 센터에 문의하는 것이 최고의 방법이겠죠.

또 이용하기 좋은 친구랑 서비스는 1:1 검정고시 학습 멘토링입니다. 과목별로 대학생 멘토를 섭외해 신청 학생에게 매칭해 주는 방식으로 운영되고 있는데 학원이나 과외 수준은 아니더라도 검정고시 고득점을 노린다면 이용해 보길 권합니다. 혼자 책을 읽고 외우는 것만 반복하다 보면 집중력도 떨어지고 지루하기 마련인데 공부한 내용을 직접 말로 설명해 보고 원하는 부분만 콕콕 집어 질문할 수 있어 확실히 유용합니다. 작지만 알찬 지원을 제공하는 친구랑. 서울 지역에 거주한다면 강력히 추천합니다.

4. 기타 청소년 공간

마지막으로는 다양한 청소년 공간을 소개하려고 합니다. 조금만 노력하면 청소년을 위한 다양한 공간과 프로그램을 찾을 수 있습니다.

청소년문화의 집

노력을 들이지 않고 청소년 공간에 관한 정보를 가장 손쉽게 얻는 방법은 지역신문을 활용하는 것입니다. 집 근처로 지역이 한정되기 때문에 멀어서 못 가는 일은 생기지 않겠죠. 게다가 지역에서 지원하고 홍보하는 공간·프로그램이라 이용료도 낮은 편입니다. 특히 어린이/청소년을 위한 것은 대개 무료거나 1~3만 원대입니다.

이런 경로로 알게 된 공간 중 하나가 바로 '천호 청소년문화의 집'입니다. 북카페부터 스터디룸, 녹음 및 촬영·편집을 할 수 있는 스튜디오, 놀이 공간 등이 있는 대규모 다목적 시설입니다. 분명 천호에만 있는 건 아닐 것 같아 검색해 보니 역시나 전국에 분포하고 있었습니다. 지도 앱에서 '청소년문화의 집'을 검색하면 붉은 점들이 주르륵 뜹니다. 특히 지역마다 문화의 집뿐 아니라 수련관, 야영장 등 제가 이용할 수 있는 공간의 범위가 상상 외로 넓었습니다. 모두 법적으로 보장받는 시설이기도 하고요. 유학을 가기 전 청소년 공간 도장 깨기를 한번 해보고 싶습니다.

공릉청소년문화정보센터(gycenter.or.kr)

6호선 화랑대역 근처에 위치한 센터로 서울 경계 쪽에 있어 인근 경기도 도시에서도 방문하기 편리하고 서울에 거주하지 않아도 모든 서비스와 프로그램을 이용할 수 있습니다. 저는 광진구 꿈드림 카카오톡 채팅방에서 이 센터를 이용해 본 분이 프로그램 모집 공고를 공유해 줘 그 존재를 알게 됐습니다. 제가 본 모집 공고는 '나로프로젝트'로 5~7명의 학교 밖 청소년에게 본인이 의미 있다고 생각하는 활동을 계획하고 진행할 수 있도록 약 10~20만 원의 지원금을 주는 프로그램이었습니다. 봄·가을 학기제로 나눠 매년 3월과 7~8월에 모집하며 현재까지도 운영되고 있습니다.

저는 2022년 봄 학기에 나로프로젝트에 참여해 처음으로 제 장기인 마인드맵을 강의로 기획해 타인에게 가르쳐 봤습니다. 강의실 예약, 강의 자료 준비, 준비물 구매 및 세팅, 설문 조사 등 처음부터 끝까지 제 힘으로 프로젝트를 진행하는 것이 처음이었는데 기대 이상의 결과가 나와 정말 행복했습니다.

공릉청소년문화정보센터는 학교 밖 청소년 지원뿐 아니라 학교 밖 청소년 인턴십부터 청소년 작업 공간, 애플 데스크톱 무료 대여, 무료 코인노래방 등 청소년을 위한 다양한 공간과 활동을 제공하고 있습니다. 근처에 살았다면 거의 매일같이 들락날락했을 텐데 아쉬움이 남네요.

저는 서울에 있는 공간만 소개했지만 분명 서울이 아니어도 많은 공간과 지원과 프로그램이 있을 것입니다. 하지만 아무리 많이 있다 해도 내가 적극적으로 찾아 나서야지만 비로소 시야에 들어오기 마련입니다. 직접 전화도 해 물어보고 관련 커뮤니티에 가입해 도움도 요청해 보세요. 더 자세히 알아보고 자주 이용할수록 더 풍성한 기회를 얻을 수 있습니다(특히 담당 선생님과 친해지세요!).

학교 밖이라고 해서 온전히 혼자가 된다는 생각은 큰 오해입니다. 학교처럼 체계적인 시스템이 없다 보니 홍보 부족으로 알려지지 않았을 뿐 곳곳에서 다양한 복지가 자신들을 발견해 주기만 기다리고 있습니다.

모든 학교 밖 청소년이 자신이 누릴 수 있는 지원을 최대로 활용했으면 좋겠습니다. 정보는 직접 찾아 나서지 않으면 절대 제 발로 찾아오지 않습니다. 이제 행동할 때입니다. 조금 번거로울 수도 있지만 일종의 보물찾기나 숨바꼭질이라고 생각하면 재밌지 않을까요? 의외로 가까운 곳에서 잭폿이 터질 수도 있잖아요.

대학 입시 준비하기

이 원고를 쓰고 있는 시점은 2023학년도 수능일이 가까워진 때입니다. 정시를 준비하는 동생이 점점 예민해지고 있어 비위를 맞춰주려니 참 피곤합니다. 그만큼 학교 밖 청소년에게 가장 힘들고 불리한 것이 무엇이냐고 물으면 편견에 찬 사회적 인식 다음으로 십중팔구 대학 입시를 꼽지 않을까 합니다. 다른 활동이나 문화 체험, 검정고시까지는 지원해 주는 곳도 많고 최근 2년 사이 그 수가 대폭 늘었지만 대입을 위한 지원은 아쉽게도 아직 갈 길이 멀기만 합니다.

정시는 누구든 응시할 수 있으니 별다른 논의의 여지가 없지만 수시를 선택할 생각이라면 입시 전형을 꼼꼼하게 알아봐야 하고 무엇보다 현실을 직시해야 합니다. 대한민국 대학 입시는 절대로 학교 밖 청소년에게 친절하지 않습니다. 정규교육 과정을 밟아온 아이들끼리도 경쟁이 치열한데 굳이 학교에 다니지 않는 아이들의 편의를 봐줄 이유는 없겠죠. 전국 모든 대학에 검정고시 출신이 지원할 수 있는 전형이 1개 이상 있지만(대부분은 '학교 생활기록부 미보유자용 대체 서식'을 홈페이지에 기재합니다) 지원 '자격'이 있는 것이지 '합격'이 되는 것은 아닙니다.

학교 밖 청소년이 수시로 대학에 지원할 경우 내신 성적이 따로 없으므로 검정고시 점수를 환산해 반영합니다. 여기서 중요한 점은 대학별 환산 점수가 모두 다르다는 것입니다. 당연히 경쟁률이 치열하고 이름 있는 대학일수록 환산 점수가 낮겠죠. 정말 극소수 대학을 제외하면 검정고시에서 만점을 받더라도 환산 등급이 3등급 이하고 낮으면 5등급까지도 떨어집니다. 검정고시 난도가 수능과 비교해 너무 낮아 만점을 받아도 높은 등급을 요구하는 과에는 입학할 수 없습니다. 수시 전형으로 대입을 준비하는 학교 밖 청소년과 이야기하다 보면 이 불가항력적 불평등이 여러 번 거론됩니다. 검정고시가 상대적으로 쉬운 건 사실이라 이를 이유로 항의할 수도 없는 노릇입니다. 우리가 검정고시 문제를 쉽게 내달라고 한 것도 아닌데 말입니다.

꿈드림에서 작성해 주는 대체 서류인 청소년생활기록부를 활용하는 것도 방법이지만 단 6개 대학(서울과학기술대학교, 강릉원주대학교, 서울대학교, 한림대학교, 차의과학대학교, 한경대학교)에서만 인정해 주기 때문에 활용도는 다소 떨어집니다. 학교 밖 청소년은 수시를 지원하기 위해서도 재학생보다 2배는 더 노력해야 합니다. 한 언니는 검정고시로 수시 지원하는 학생을 위한 지원 및 입학 정보가 거의 없어 학교마다 전화를 돌리느라 너무 힘들었다고 토로했습니다. 대학마다 입시 요강이나 제출 서류가 천차만별이고 합격이 보장되는 것도 아니라서 학교 밖 청소년에게는 수시 전형이 절대적으로 불리합니다.

수시가 이렇게나 복잡한데 왜 다들 정시를 지원하지 않냐고요? 물론 학교 밖 청소년도 고등학교 재학생과 마찬가지로 정시 3개, 수시 6개 대학에 지원할 수 있습니다. 하지만 학교 밖 청소년으로서는 그렇지 않아도 불리하게 짜인 판에서 정시의 2배나 되는 가능성을 마냥 무시할 수 없습니다. 뭘 선택하든 불확실한 시장에서는 최대한 많은 기회를 노리는 것도 충분히 논리적입니다. 1년에 한 번뿐인 기회라 그만큼 위험도가 크니까요.

정시와 수시, 둘 중 어느 방법을 선택하든 학교 밖 청소년의 대입을 위한 지원은 턱없이 부족한 것이 현실입니다. 정시도 힘든데 수시는 더 힘듭니다. 대학이 모두에게 미래를 위한 필수 단계는 아니지만 학교를 나오는 것을 고려하고 있고 대학 진학도 목표하고 있다면 이와 관련해 전문가와 미리 상담하길 권합니다. 2021년부터 학교 밖 청소년 대입 관련 정책과 기사가 더 자주 나오고는 있지만 우리는 여전히 극소수고 정보 경로도 적습니다. 앞으로 대입 지원이 조금씩 확대되리라 예상은 할 수 있지만 당장 대입이 목표라면 학교를 나오기 전 충분히 고려하길 바랍니다.

끊임없이 질문하기

〈우리는 어디에서 왔는가? 우리는 무엇인가? 우리는 어디로 가는가?〉 화가 폴 고갱의 유명한 작품 제목입니다. 학교를 나오면서 저는 유독 이 제목과 같은 질문에 관심을 두게 됐습니다. 앞에서도 여러 번 강조했듯이 학교 밖 청소년으로 생활하면서 가장 중요하다고 생각하는 것이 나를 아는 일이기 때문입니다. 인생의 방향을 정하기 위해서는 내가 좋아하고 잘하는 것을 알아야 하고 여기에는 나라는 사람의 성향이 영향을 미칩니다. 당연히 인류 전체를 뜻하는 고갱의 질문에는 답할 수 없지만 적어도 나라는 한 사람만큼은 정확하게 알아가려고 노력해야 합니다.

이를 위해 우리는 항상 질문해야 합니다. 질문은 배움의 시작입니다. 세상에서 가장 짧은 편지의 내용이 글이 아닌 '?' 물음표 하나였던 것처럼 어쩌면 인간의 가장 원초적 본능보다 앞서는 건 세상과 나에 대한 의문일지 모릅니다. 세기의 유명한 철학자들도 모두 나에 대한 질문으로 철학을 시작했습니다. 그리고 그 질문의 해답에 이르렀을 때 세상에서 가장 짧은 답신인 '!'를 받게 됩니다. 헤르만 헤세의 작품에서 데미안은 이렇게까지 말합니다. 거북이처럼 자기 자신 안으로 완전히 기어들 수 있어야 한다고요.

《이반 일리치의 죽음》을 3번 읽으면서 '좋은 삶'이란 무엇인지 고민하게 됐습니다. 이반 일리치는 중산층임에도 상류사회에 대한 열망에 사로잡혀 더 많은 월급, 더 큰 집, 더 풍부한 인맥을 추구했습니다. 당연히 결혼도 했고 아이도 둘이나 낳았습니다. 동시에 일과 삶의 균형도 갖췄고 절대 유행에 뒤처지지 않았죠. 하지만 이상하게도 그의 인생은 점점 꼬이기만 합니다. 결혼이 사랑으로 이뤄지지 않았기 때문에 아내와 자주 싸우다 남처럼 지내게 되고 가족이 불편해 점점 일로 도피하면서 자식들과도 거의 접촉하지 않게 됩니다. 뭘 해도 항상 부족함을 느끼고 결국 정체불명의 병에 걸려 끙끙 앓다가 자신이 잘못 살아왔다는 사실을 자각하며 홀로 고독하게 삶의 끝을 맞이합니다.

사실 이반의 잘못은 삶에 대한 답을 자기 자신이 아닌 남, 즉 사회와 시대의 요구에서만 찾았다는 것입니다. 물론 사회에 어울리는 것도 중요하지만 나는 나고 남은 남입니다. 모두 같은 답에 도달할 필요는 없습니다. 사람들이 많이 산다고 해서 무조건 품질이나 유용성이 보장되는 것은 아니니까요. 행복한 인생을 살기 위해서는 세상의 수많은 정답 중 오직 나에게만 적용되는 답을 찾아야 합니다. 어떻게 하냐고요? 나를 잘 알면 됩니다. 3D 프린터가 작업을 시작하기 전 사물을 스캔하는 것만큼 나를 정밀하게 관찰해야 합니다.

나를 아는 것의 또 다른 이점은 다른 사람에게까지 그 확신이 전해진다는 것입니다. 내가 좋아하고 관심 있는 것이 있다면 분명 그 열정이 주위에 전달되기 마련입니다. 그리고 운이 좋으면 그들에게서 내게 필요한 정보를 얻게 되기도 하고요.

결국은 학교 안이냐 밖이냐가 아니라 내가 나를 이해하고 받아들이고 믿는지가 중요합니다. 주위 환경과 앞으로 나아갈 미래를 바라보는 것도 중요하지만 잠시 세상과 등지는 한이 있더라도 나를 정면으로 마주하고 진솔하게 대화하는 시간이 필요하다고 생각합니다. 특히 자신만의 개성과 정체성이 중요한 학교 밖 청소년에게는 더더욱 그렇습니다. 항상 뒤돌아보고 되돌아오고 재점검하고 다시 출발하는 '리'의 과정이 결국에는 미래를 향해 달려갈 수 있는 원동력이 되니까요. 세상으로 들어오려면 먼저 나 자신과 친해져야 합니다.

제가 학교를 나온 지도 어느덧 2년 가까이 지났습니다. 저는 스스로를 청소년 작가와 글로벌 리더라는 꿈을 가진 언스쿨러라고 정의하고 있습니다. 이제는 당신 차례입니다. 당신은 누구이고 어떤 사람인가요? 무엇을 좋아하고 어떤 목표가 있나요? 가장 중요하다고 생각하는 가치는 무엇인가요?

너를 보여줘 4

철학하는 모험가 김재형

간단하게 자기소개를 해주세요.

안녕하세요. 저는 김재형이라고 합니다. 나 자신을 찾고 싶다는 목표로 학교를 나와 여러 대안학교를 찾아다니다 현재는 '철학하는 사람'을 꿈꾸는 고등학교 1학년 재학생이 됐습니다. 저는 대부분의 사람이 컴포트존을 추구할 때 불편함을 마주 보며 사유하는 모험적 삶을 살고 있습니다. 그만큼 제가 하는 선택에 큰 책임감을 느낍니다.

학교는 언제, 어떤 계기로 나왔나요? 나올 때 특별한 계획이 있었나요?

초등학교를 졸업할 무렵 철학을 공부할 수 있다는 대안학교를 알게 됐어요. 그 학교는 2018년에 수능 만점자를 배출하기도 했고 교육과정이 여러 위인의 철학을 배우기에도 적합해 보였어요. 당시 저는 시험이 정말 싫었고 학교에서 가르쳐 주는 것들은 철학과 거리가 멀 뿐 아니라 무의미하다고 생각했어요. 그래서 일반학교에서 대안학교로 옮겼고요. 그 대안학교에서 철학을 배운 뒤 대학에 진학해 철학을 전공하는 것이 목표였죠.

대안학교 진학 후에는 어떻게 지냈나요?

자소서를 내고 면접을 거쳐 마침내 꿈에 그리던 학교에 들어갔어요. 그 당시 저는 상당히 오만했던 것 같아요. 아직 아는 것도, 할 수 있는 것도 적다는 점을 전혀 인지하지 못했거든요. 그래서 학교 친구들과 마찰을 겪었고 철학을 가르치는 선생님들의 능력이 부족하다는 생각도 했어요. 제 질문에 명쾌한 해답을 제시하지 않았거든요. 결국 독일에 유학 가는 것으로 목표를 바꿨고 다른 대안학교를 찾기 시작했습니다.

성급하게 내린 결정이어서인지 새로 옮긴 대안학교에서도 잘 적응하지 못했어요. 엎친 데 덮친 격으로 코로나19로 팬데믹을 겪으면서 그 학교를 통해 독일로 유학 갈 수 있는 루트는 폐지됐어요. 저는 이 시기를 통해 저를 돌아보게 됐고 철학보다 글쓰기에 좀 더 뜻을 두게 됐습니다. 《이방인》을 쓴 알베르 카뮈처럼 되고 싶었어요. 이런 제게 필요한 경험을 시켜줄 수 있는 곳은 당시 다니던 학교가 아니라고 생각해 다시 한 번 학교를 떠났습니다.

그동안 소설을 몇 편 써보며 글쓰기에 매력을 느끼던 와중 거꾸로캠퍼스를 찾게 됐습니다. 이 대안학교에선 팀 프로젝트 위주 수업을 진행했고 처음으로 제게 과목 공부의 실효성을 가르쳐 줬습니다. 여기서 제 고집불통 성격이 많이 꺾였죠. 현재의 제가 다른 사람과 같이 지내며 가장 중요시하는 것은 다른 사람의 생각을 존중하는 토론인데 그걸 처음 배웠습니다. 거꾸로캠퍼스에서의 시간이 지금의 저를 만드는 데 가장 큰 비중을 차지한 것 같네요.

하지만 그저 대안학교에만 의존하며 저는 점차 꿈을 잃어갔어요. 그때는 생각이 짧아 다른 대안학교를 찾는 것 외의 방법을 깨닫지 못했거든요. 자연스럽게 철학을 배우고 글을 쓰고 싶다는 욕망은 줄어만 갔죠. 거꾸로캠퍼스는 인문학보다는 비즈니스를 가르치는 곳에 가깝다고 생각해요. 스타트업과 마케팅 그리고 팀 프로젝트를 성공적으로 이끄는 방법을 배울 수 있는 정말 좋은 학교였지만 제 꿈과는 방향이 달랐어요.

어떻게 해야 할지 고민하던 와중에 사회복지학과 교수님을 인터뷰할 기회가 생겼어요. 팀과 함께 노인 고독사 문제에 대한 아이디어의 피드백을 받기 위해 찾아갔었는데 단 4문장으로 우리 프로젝트를 뒤엎은 교수님의 능력에 매료됐습니다. 교수님의 복지에 관한 지식과 논리로 우리를 무너뜨리는 모습 그리고 넓은 시야까지 숭배(?)하고 싶은 마음이 들 정도로 존경스러웠어요. 그 만남 이후 저는 교수님을 롤모델 삼아 철학 교수를 꿈꾸며 일반고등학교로 돌아갔어요.

Q 쉽지 않은 결정이었을 텐데 대단하네요. 현재 고등학교 1학년에 재학 중이라고 들었는데 어떻게 생활하고 있나요?

└→ 입시를 준비하고 있어요. 사실 입시는 노동자의 삶과 비슷합니다. 하

루를 단순하게 하고 사유의 중지를 권고하고 온종일 입시에만 전념할 것을 강요하죠. 그래야 살아남으니까요. 말 그대로 적자생존입니다. 오랜 시간 공교육과 떨어져 있었기에 이 풍파를 그대로 맞았고 요즘은 내신 기간만 되면 몸과 마음이 늘 불안합니다.

가슴 아픈 일은 학교교육에서도 철학을 찾았다는 거예요. 이루고자 하는 목표와 학교에 다녀야 하는 확실한 이유가 생기니 수업이 다르게 느껴졌어요. 학교에도 마르크스와 비트겐슈타인이 있더라고요.

솔직히 입시에서 살아남는 것과 지금까지 경험했던 것은 너무 결이 달라 때로는 제 생각을 후회하기도 합니다. 저처럼 학문을 좋아하면 힘들어도 무턱대고 다른 곳을 찾지 말고 차라리 학교의 틀 안에서 인내해 보라고 말하고 싶네요. 본인이 준비가 됐다면 학교를 통해서도 배움을 얻을 수 있다고 생각해요.

Q 그럼 미래에 꼭 이루고 싶은 꿈이나 목표는 무엇인가요?

↳ 직업으로서의 꿈은 철학자고 꼭 이루고 싶은 목표이자 야망(?)은 세상에 큰 영향력을 끼치는 업적을 남기는 거예요. 저는 여러 대안학교를 전전하면서 다양한 만남과 헤어짐을 경험했어요. 그리고 그 시간 속에서 저와 함께 시간을 보낸 사람들이 저를 특별하고 영향력 있는 거인으로 생각하길 바랐죠. 현실은 그렇지 않았지만요. 그래서 더 이루고 싶은 것 같기도 합니다.

세상에 큰 영향력을 미치는 것은 굉장히 어려운 일이고 전 세계 서열 1위 대학이라는 하버드를 다닌 사람도 쉽게 이뤄내지 못하는 업적입니다. 이렇게 큰 꿈을 갖는 것이 오만해 보일 수도 있겠네요. 그런데도 제가 이 목표를 간절히 원한다는 사실은 바뀌지 않습니다. 천재들만 해낼 수 있는 것이라면 천재가 되려고요. 그만큼 꼭 이루고 싶은 꿈이니까요.

Q 이제 인터뷰를 마치려고 하는데 마지막으로 학교를 나오는 것을 고민하는 청소년에게 해주고 싶은 말이나 꼭 알려주고 싶은 정보가 있나요?

└ 먼저 학교를 나오고 싶다는 마음에 휘둘리지 말고 많은 생각을 하고 정보를 찾은 후에 선택해야 해요. 특히 대안학교를 고려한다면 더더욱 그렇습니다. 대안학교는 대부분 개인이 운영하는 곳이라 운영비가 꽤 듭니다. 실제로 제가 다닌 2개 학교는 입학비가 각각 700만 원 그리고 1,000만 원이었어요. 학비도 월 300만 원이 기본이고 현장체험학습이나 유학 준비는 추가 비용이 있었어요.

또 이런 학교에서는 교장과 일면식만 있어도 그리고 학생을 가르칠 수 있는 수준만 돼도 누구나 선생님이 될 수 있어요. 그렇기에 학생을 돈으로 보는 사람도 분명 있을 거예요. 학교는 학생 수에 따라 이익을 얻기 때문에 사전 절차 없이 누구나 입학시키기도 합니다. 이런 곳에서 '학업'을 이끌어 나가기는 어렵다는 걸 꼭 말씀드리고 싶어요.

물론 사업처럼 운영하는 곳이 아닌, 정말 가치 있고 깊은 경험을 주는 곳도 있어요. 제가 다닌 거꾸로캠퍼스라는 대안학교는 입학비도 없고 학비도 월 90만 원이었습니다. 여러 기관에서 투자를 받은 만큼 시설도 좋고 교육과정도 탄탄했고요. 선생님들도 전 고등학교 교사들 그리고 전 애플 교육부 팀장으로 이뤄져 있어 충분한 가르침을 받았어요.

정리하자면 대안학교의 경우 학교에 관해 객관적 조사를 하지 않으면 나중에 크게 후회할 수 있습니다. 개인적으론 어디에서 투자를 받는지 정도만 조사해도 충분한 것 같아요. 투자 정도에 따라 학교의 질이 다를 수도 있고 학생을 돈으로 보는 사람들도 훨씬 적으니까요. 그리고 면담이나 면접을 통해 학생에 대해 충분히 알아본 후 입학을 권유하는지도 잘 파악하면 좋겠어요. 설명이 조금 길어졌네요. 어떤 선택을 하든 학교 밖 생활을 진심으로 응원합니다!

3부

아 이 엠

5장

나만의 스테이지

청소년 작가라는 꿈

초등학교 저학년 때 《수학 마법사》라는 소설을 읽은 적이 있습니다. 내용은 그리 특별하지 않았습니다. 오히려 흔하다면 흔한 수학 동화였죠. 특별한 점은 바로 작가였습니다. 중학교 2학년 오빠가 쓴 책이었거든요. 그때까지 제게 '책'이란 어른들이 쓰는 글이었는데 그 편견이 깨진 것입니다. 어른이 아니어도 내 이야기를 세상에 보여줄 수 있다니! 혹시 나도 그럴 수 있을까? 나도 청소년기에 책을 낼 수 있을까? 처음으로 단순한 직업이 아닌 진짜 꿈을 갖게 된 순간이었습니다.

저는 글자를 쓸 줄 알게 된 이후로 늘 모든 상상력을 동원해 이야기를 지어내는 아이였습니다. 초등학교에 다니는 6년 내내 일기, 팬픽, 소품, 가상 신문기사 등 항상 글쓰기라는 친구와 함께했습니다. 하지만 중학교에 입학하고 나서는 공부와 시험, 해방 다시 공부와 시험으로 이어지는 굴레에 갇혀버렸습니다. 얼마 되지 않는 자유 시간은 글 대신 소셜 미디어가 함께했고 청소년 작가라는 꿈은 서서히 멀어져 갔습니다. 시간이 지나자 이런 생각도 들었습니다. 에이, 청소년이 무슨 작가야, 학교 다니는 것도 벅찬데.

언스쿨링을 하면서 중학교 때 손을 뗐던 글쓰기를 다시 시작했습니다. 사실 학교에 다닐 때는 매일이 비슷비슷한 일과의 연속이었습니다. 애초에 뭔가를 써야겠다는 생각조차 들지 않았고 쓰려고 해도 마땅한 소재가 없었습니다. 학교에서 쓰는 글도, 집에서 쓰는 글도 그저 분량을 채우기 위한 활동이었고 영혼이 담기지 않았습니다. 글을 쓸 여유도, 필요도 없었죠.

학교를 나오는 순간 하루하루가 달라졌습니다. 물론 항상 좋은 변화만 있었던 건 아닙니다. 마음을 다잡고 열심히 공부하는 날이 있는가 하면 무기력하게 늘어지는 날도 있었으니까요. 하지만 그 요동치는 굴곡 덕분에 쳇바퀴를 벗어날 수 있었습니다. 좋게든 나쁘게든 제 인생은 수동에서 능동으로 바뀌었습니다. 밖에서 산책을 하든 거실 바닥에 드러누워 있든 눈이 풀린 채 SNS를 보든 책상에 앉아 몇 시간 동안 책을 읽든 모두가 제 선택이었고 결과 또한 제 몫이었습니다. 새로운 경험을 하면서 새로운 생각을 하게 됐고 이런 변화 과정을 글로 담아내고 싶다는 생각에 이르렀습니다. 그냥, 뭐라도 쓰고 싶어졌습니다.

시작은 제가 그토록 좋아하던 판타지였습니다. 주인공과 주인공의 동료들 그리고 주인공을 방해하는 악역과 운명을 설정하고 인물별로 서사와 조직도를 만들었습니다. 실제로 70장 정도를 써 내려가기도 했습니다. 하지만 이야기의 중반으로 갈 때쯤 문득 이런 생각이 들었습니다. 나는 아직 나 자신조차 파악하지 못했는데 아무리 상상 속 인물이라지만 남의 인생과 생각을 알려고 해도 될까? 내가 뭘 해야 하는지조차 모르겠는데 감히 주인공의 과거와 미래를 정할 자격이 있을까? 결국 오랜 시간 고민하다 소설 원고는 잠시 넣어두기로 했습니다. 매슬로우의 인간 욕구 5단계 이론에서처럼 상상을 시작하기 전에 먼저 현실을 정리해야겠다는 욕구를 느낀 것입니다. 대신 이 무모한 도전은 제가 다시 글과 친해지는 계기가 돼줬습니다.

2021년 1월에는 국제철학올림피아드에 도전했습니다. 사극에 나오는 과거 시험처럼 대회 당일 주어지는 4개 철학 발췌문 중 하나를 선택해 그에 대한 자신의 주장을 3시간 이내로 정리해야 했습니다. 역대 수상작을 보니 머릿속에 들어 있는 인용구를 적은 경우도 있었습니다. 그런 아이들을 이길 자신도 없고 아무 준비도 돼 있지 않았지만 그냥 있는 그대로의 저를 시험해 보고 싶었습니다. 그리고 국내 예선에서 동상을 받았습니다. 아쉽게도 국제 본선까지 가진 못했지만 인생 첫 글쓰기 대회 성적치고는 괜찮지 않나요? 이 대회에서는 항상 국제고나 자사고 출신의 실력이 쟁쟁한 아이들이 수상을 하는데 그들과 어깨를 나란히 한 '홈스쿨러'로서 정말 뿌듯했습니다.

비슷한 시기 앞서 언급한 100일 100장 글쓰기 프로그램도 등록했습니다. 말 그대로 100일 동안 하루도 빠짐없이 한 편의 글을 쓰는 활동이었는데 역시 글을 좋아한다고 해서 쓰는 것이 쉬워지는 건 아니었습니다. 영감은 무슨, 그냥 닥치고 매일 써야 했습니다. 예전의 저라면 중간에 포기했겠지만 이번에는 뚜렷한 목표가 있었습니다. 100일 동안 먼저 연습하고 반드시 올해 안에 내 이야기를 담은 책을 쓰자! 반드시 청소년 작가라는 꿈을 이루자! 마라톤을 뛰기 위한 근력 운동이라는 생각으로 매일 썼고 마침내 4월 100일 100장 프로젝트를 완주했습니다. 그리고 약 한 달 후 본격적으로 책 집필이라는 최종 목표에 도전했습니다.

그런데 100일 동안 글을 쓰는 것과 하나의 통일된 주제로 책을 쓰는 것은 또 다른 일이었습니다! 더군다나 이 책은 나를 드러내는 글이기에, 그저 제 생각을 파악하는 것을 넘어 그 생각의 뿌리까지 끄집어내야 했습니다. 왜? 어떻게? 그래서? 이렇게까지 저를 들여다보고 머릿속에 어렴풋하게 있던 생각을 글로 표현하는 일은 책을 다 써가는 이 순간에도 여전히 어렵습니다. 책은 읽고 공감해 주는 독자가 있어야 하니까요. 솔직히 포기하고 싶은 순간도 있었지만 책을 쓰는 것이 제 꿈이었기에 매번 자판에 다시 손을 올릴 수 있었습니다. 초심을 잃지 않기 위해 인스타그램 프로필에 '#책집필중'이라 박아놓기도 했죠.

이제 제 책 원고 집필은 막바지에 접어들었습니다. 수십 장의 글을 써 내려가며 제 인생을 되돌아봤고 제 가치관을 점검하며 있는 그대로의 저를 발견했습니다. 글은 저를 아프게 하면서도 그에 못지않은 성취감과 즐거움, 행복을 가져다줍니다. 아무래도 저는 글과 평생 함께할 운명인가 봅니다. 오늘도 꿈에 한 발짝 다가가기 위해 저를 가득 담은 글을 씁니다.

10대 철학자

저는 매주 일요일 오전 9시면 고전을 주제로 한 토론에 참여합니다. 줌이 켜져 있는 노트북 앞에는 한 주 동안 읽은 책과 정리된 노트가 펼쳐져 있습니다. 오늘은 무슨 질문으로 토론이 시작될까. 일주일 중 가장 기다려지는 시간 중 하나입니다.

처음 고전을 만난 건 중학교 2학년 때였습니다. 어느 날 엄마가 "필로어스라는 곳에서 《햄릿》을 읽고 토론하는 프로그램이 있는데 엄마랑 같이할래?"라고 물어봤습니다. 그때는 정말 단순하게 '어, 《햄릿》이라면 그 유명한 셰익스피어가 쓴 거?' 하는 생각으로 엄마를 쪼르르 따라갔습니다. 그런데 막상 제가 만난 햄릿의 모습은 초라하기 그지없었습니다. 주로 시원한 액션과 함께 재밌는 사건의 연속인 판타지 장르만 읽다 보니 아무것도 못하고 발만 동동 구르는 햄릿의 모습이 지겹고 이해되지 않았습니다. 대단한 셰익스피어는 개뿔, 도대체 왜 이런 인물이 사람들에게 그렇게 사랑받는 건지. 결국 세미나에 적극적으로 참여하기는커녕 졸음과 씨름을 벌이느라 모든 에너지를 소모하고 말았습니다.

물론 하필이면 첫 책이 우중충한 분위기의 《햄릿》이었던 탓도 있지만 그저 학교에서 공부하고 남는 시간에 놀기 바빴던 제게 고전은 너무 재미없고 어렵고 힘들었습니다. 그런데 얼마 후 저는 또 다른 고전과 함께 세미나실 책상에 앉게 됐습니다. 당시 세미나 참석자들은 모두 성인이었는데 어른들 사이에서 한마디라도 해보고 말겠다는 '중2병'의 오기였을까요. 아무튼 인간은 더 상위 세계에 끌린다고 하니까요. 그 어떤 깨달음도 결심도 없었습니다. 그저 도전하고 싶었을 뿐입니다(물론 프로그램 비용은 아빠가 결제해 주니 돈값은 해야겠다는 다짐은 있었습니다). '자주'까지는 아니지만 주기적으로 고전과의 대화를 시도했습니다. 그 과정에서 튜터분들과 친해지며 동기가 부여되기도 했습니다. 처음에는 그저 오기였을지 모르나 시간이 지나며 점차 고전의 매력을 느꼈습니다. 시작은 고통스러웠지만 길을 계속 걷다 보니 어느새 '멋진 신세계'에 와 있더라고요.

필로어스는 학교를 나오기 전부터 참여해 온 프로그램으로 인생에 정말 도움이 되고 저를 행복하게 해주기 때문에 4년째 지속하고 있습니다. 지금은 '필로프리셉 100'이라는 이름으로 청소년반이 생겼고 저는 영어반에서 활동합니다. 매주 또래 친구들과 만나 고전과 철학을 논하는 건 정말 즐거운 일입니다.

수업(세미나) 진행 방식은 정말 간단합니다. 먼저 학생들(또는 참가자들)이 생각해 온 질문을 나눈 후 튜터가 토론을 시작할 오프닝 질문을 제시합니다.

"로잘린드는 왜 남장을 했을까?"(셰익스피어, 《한여름 밤의 꿈》)

"자연이란 무엇인가?"(아리스토텔레스, 《피지카》)

"왜 리처드는 거울을 부쉈을까?"(셰익스피어, 《리처드 2세》)

토론의 궁극적인 목표는 이런 오프닝 질문의 답을 찾는 것이지만 절대 그 틀에 얽매이진 않습니다. 질문을 다루다 다른 방향으로 흘러갈 수도 있고 개인적 질문에 관해서도 이야기를 나눕니다. 애초에 토론에 정답은 없으니까요. 모두가 자기 생각을 공유하고 교환하며 함께 성장해 나갑니다. 중요한 규칙 중 하나는 책 내용에서 벗어나는 배경 지식을 언급해선 안 된다는 것입니다. 배경 지식에 너무 의존하면 대화 중 누군가가 소외되거나 더는 책에 관한 토론이 아니게 되기 때문입니다. 덕분에 인생을 조금밖에 살지 못한 중학생도 성인들 사이에서 주눅 들지 않을 수 있었습니다.

토론하는 과정에서 내가 전혀 생각해 내지 못했거나 나와 다른 의견이 나오면 가장 재밌습니다. 무엇이 다른지, 생각의 뿌리 자체가 다른지, 근원지는 같지만 뻗어나간 방향이 다른지 궁금해서 참을 수가 없습니다.

이제는 책이 어렵더라도 피하지 않고 정면으로 부딪칩니다. 예전에는 구미가 당기고 쉽게 읽히는 책만 고집했다면 지금은 그 '편식'이 사라졌습니다. 책 한 권을 보는 시선 자체가 달라졌달까요. 맹목적으로 이야기를 따라가는 게 아니라 항상 '왜?'라는 질문이 머릿속에서 떠나지 않습니다. 한 문장을 읽더라도 꼼꼼하게, 왜 이런 결론이 나왔는지 생각하고 분석하며 읽게 됩니다.

처음에는 고전이 그저 어렵고 딱딱하게만 느껴졌습니다. 몇 백 년 전에 쓰인 책보다는 따끈따끈한 신간에 손이 가기 마련이니까요. 하지만 고전 속 인물들 그리고 저자가 전달하고자 하는 감정과 메시지를 생각하니 곧 살아 숨 쉬는 텍스트가 됐습니다. 이들의 말을 듣기 위해서는 먼저 내 마음에 귀 기울여야 합니다. 단순히 글자를 읽고 내용을 해석하는 것을 넘어 맥락을 생각하고 곱씹고 질문합니다. 이 사람은 무슨 말을 하고 있지? 나는 그걸 어떻게 생각하지? 나는 왜 그런 생각을 하지? 어느 순간 끊임없이 질문하는 나 자신을 발견합니다. 고전에 담긴 철학을 통해 나를 알아갑니다.

고전을 통해 '철학 단짝'을 만나기도 합니다. 제 단짝은 마크 트웨인 아저씨가 소개해 준 허클베리 핀(이하 '헉')인데요, 정말이지 저와 정말 닮은 친구입니다. 헉은 원래부터 자유와 모험을 좋아하고 본인만의 개성이 강하지만 사회와 그 사회에 속한 친구들은 모두 헉을 '나쁜 애'라고 부릅니다. 헉에게 너의 길은 안 된다고, 위험하다고, 잘못됐다고 말합니다. 모두가 그렇게 말하니 헉 본인도 자신을 '나쁜 애'라고 생각하게 됩니다. 한동안은 모험을 중단하고 절친 톰을 따라 학교에도 다녀보고 옷도 제대로 입고 기도도 하며 '선한 삶'을 시도해 봅니다. 처음에는 불편해하지만 매일 반복하다 보니 서서히 익숙해지죠. 하지만 결국은 알코올의존증인 아버지를 피하고자 도망 노예 짐과 함께 강을 따라 긴 여행을 떠납니다.

노예가 합법이고 흑인을 차별하던 시대에 헉은 백인 사회가 그에게 관철한 사상을 따릅니다. 일단 짐을 데려오긴 했지만 이것이 큰 죄라고 생각하고 은근히 짐을 무시하는 모습을 자주 보여줍니다. 하지만 강을 타면서 그의 뿌리 깊은 '백인 기독교 사상'은 조금씩 흔들립니다. 마을이 아닌 거대한 사회와 직접 부딪히며 그는 달라집니다. 그 우월한 백인들이 살인하고 사기 치고 고작 유산 때문에 가족끼리 서로 총으로 쏴 죽이는 모습을 목격하면서 자신이 지금까지 철석같이 믿어온 가치들을 재점검합니다. 사회가 말하는 것이 언제나 정답은 아니라는 깨달음과 함께요.

헉은 점점 짐을 진심으로 대하고 마지막에는 그가 노예에서 해방되도록 도와줍니다. 그리고 결심합니다. 굳이 사회가 자신에게 관철하는 가치를 맹목적으로 따르지 않기로. 자신이 직접 보고 듣고 배운 것을 토대로 살기로. 정말 자신이 '나쁜 애'여서 죽은 뒤에 지옥 불에 떨어지더라도 그냥 '헉 핀'으로 살기로. 그의 새로운 모습이 제 '리' 철학과 너무 비슷해 놀랐습니다. 제 뇌를 모조리 관찰당한 기분입니다. 이거야말로 진정한 '소울메이트' 아닐까요.

인간은 누구나 철학적 생물입니다. 나에 관한 생각, 남에 관한 생각, 세상에 관한 생각 모두 결국은 철학입니다. 지금의 역사, 수학, 과학 등은 모두 더 탐구하고자 하는 철학에서 비롯된 것입니다. 철학은 우리 모두에게 꼭 필요합니다. 특히 10대부터 철학을 접하면 나 자신에 대해 능동적으로 사고하며 내 삶의 방향을 스스로 결정하는 데 도움이 됩니다. 꼭 세기의 철학자가 쓴 어려운 저서를 읽을 필요도 없습니다. 시작은 《어린 왕자》처럼 비교적 쉬운 소설로 시작해도 충분합니다. 사소하고 당연해 보이는 이야기에서 질문을 찾아내는 연습을 하다 보면 누가 떠밀지 않아도 더 두꺼운 책, 더 깊이 있는 주제에 저절로 손이 가거든요. 학교 밖이든 아니든 하루에 30분 정도라도 나를 위한 철학을 시작해 보세요.

상황별 고전 추천 목록

공감과 성찰이 필요할 때

《데미안》, 《이반 일리치의 죽음》, 《어린 왕자》, 《맥심즈/막심》, 《허클베리 핀의 모험》, 《톰 소여의 모험》

재밌으면서도 날카로운 이야기를 듣고 싶을 때

《동물 농장》, 《1984》, 《화씨 451》, 《이방인》, 《파리대왕》, 《오만과 편견》, 《걸리버 여행기》

무작정 웃고 싶을 때

《뜻대로 하세요》, 《한여름 밤의 꿈》, 《켄터베리 이야기》

막장 드라마 같은 비극이 궁금할 때

《오이디푸스 왕》, 《콜로누스의 오이디푸스》, 《안티고네》, 《오셀로》, 《로미오와

줄리엣》,《햄릿》,《리처드 2세》,《페드르》

플라톤 정도는 알아야겠다 싶을 때

《소크라테스의 변론》,《에우튀프론》,《고르기아스》,《메논》,《파이돈》,《크리톤》,《국가론》,《향연》

달콤하지만은 않은 사랑과 연애 이야기가 듣고 싶을 때

《주홍글씨》,《설국》,《폭풍의 언덕》

어려운 책에 도전하고 싶을 때

《피지카》,《니코마코스 윤리학》,《통치론》,《방법서설》,《사물의 본성에 대하여》,《정치학》,《신곡: 지옥편》,《인간 불평등 기원론》,《성경》,《실낙원》,《복낙원》

모험 가득한 역사를 알고 싶을 때

《오디세이아》,《플루타르코스 영웅전》,《리비우스의 로마사》

나라와 국가에 대한 고대인의 생각이 궁금할 때

《유토피아》,《군주론》,《통치론》

대학에 가겠습니다

학교를 나온 뒤 대학 진학 여부는 늘 제 고민거리 중 하나였습니다. 처음에는 대학은 당연히 가야 한다는 의견이었습니다. 아직 공교육의 틀에서 완벽히 벗어나지 못했던가 봅니다. 하지만 그 뒤로 여러 사람을 만나고 책을 읽으면서 대학에 대한 집념은 점차 옅어졌습니다. 학교와 학교 안 어른들은 늘 좋은 대학과 학벌을 강조했습니다. 하지만 인서울 대학을 나오지 않고도 자신이 하고 싶은 일을 하며 사는 사람도 많더라고요. 그전에는 대학이 어떤 곳인지, 내게 필요한 곳인지 고민조차 해보지 않고 막연하게 가야 한다고 생각했다면 점차 점수에 맞춰서 아무 대학이나 갈 바에는 차라리 기술을 배우거나 일을 해서 경력을 쌓는 게 훨씬 낫겠다는 생각이 들었습니다. 배움의 길이야 언제든 열려 있으니까요. 이렇게 미래를 생각하던 중 저와 찰떡같이 맞는 고등교육기관을 찾았습니다.

저는 어렸을 때부터 세상에 대한 호기심이 많았습니다. 학교라는 우물에서 나와 많은 것을 경험했지만 조금 더 넓은 바다로 가고 싶었습니다. 제 능력이 어느 정도인지 시험해 보고 싶었죠. 힘들더라도 끊임없이 제 한계를 넘어서는 경험이 간절했습니다. 시험을 위한 공부가 아닌 나를 위한 공부가 간절했고요. 하지만 한국은 성적만 중시하는 입시 과정부터 이후 안정적인 직장 취업만 목표로 하는 대학 생활까지 저와는 잘 맞지 않았습니다. 일부러 꼬아놓은 문제를 제한된 시간 내에 푸는 것으로 제 학벌이 결정되는 것도 끔찍했고 거대한 강의실에 묻힌 어느 학번 어느 과의 학부생이 되고 싶지는 않았습니다. 그래서 해외로 눈을 돌렸고 입시에서 학업 성적만을 최우선으로 삼지 않는 미국으로 유학을 가야겠다고 생각했습니다.

저는 리버럴 아츠 칼리지Liberal Arts Colleges(이하 LAC)에서 제가 생각하는 교육의 이상을 찾았습니다. LAC는 한국에 잘 알려지지 않았다가 최근 몇몇 칼리지가 점점 주목받고 있는데요, 대표적으로 이재용 삼성전자 부회장의 딸이 입학한 콜로라도 칼리지Colorado College가 있습니다. LAC는 학부 중심 대학으로 교수와 대학원생의 연구보다는 학부생 교육에 초점이 맞춰져 있습니다. 대부분 3,000명 이하의 학부생들로 이뤄져 있고 전공 외에도 여러 분야의 수업을 들을 수 있는 커리큘럼적 자유를 지향합니다. 1학년부터 연구 혹은 인턴을 할 수 있는 기회가 주어지기도 합니다.

저에게 LAC란 대안학교처럼 학생 개개인의 성장을 중요시하면서 한 분야와 학문을 깊게 탐구할 수 있는 곳, 나를 가르치는 교수와 수업이 끝난 후에도 같이 밥 먹으면서 토론을 이어가는 것이 자연스러운 곳, 학부생들이 비교하고 경쟁하지 않고 서로를 지지하고 응원해 주는 곳, 나를 더 알아갈 수 있는 곳, 나만의 콘텐츠를 개발할 수 있는 곳, 끊임없이 질문하고 글을 쓰는 곳입니다. 물론 LAC도 400여 곳이 있어 자료 조사를 통해 신중하게 따져봤고 1월 초 총 17곳에 원서 접수를 마쳤습니다(최대 지원 가능한 학교 수는 20곳입니다).

제가 지원한 대학 중 한국에서 흔히 알고 있는 명문대, 아이비리그 혹은 리틀 아이비는 단 한 곳도 없습니다. 그 대학들도 당연히 좋은 학교라 이름이 알려졌겠지만 명성과 상관없이 제가 사랑할 수 있는 학교에 가고 싶었습니다. 미국은 땅도 넓고 학교나 교육 편차가 크기 때문에 당연히 대학도 천차만별입니다. 엄청난 과학 시설과 프로그램을 자랑하는 곳이 있는가 하면 대자연과 맞닿아 있는 곳도 있고 연구에 유리한 곳이 있는가 하면 대학원 진학이 유리한 곳도 있습니다. 당연히 학교마다 문화도 다릅니다. 고려할 요소가 너무 많아 어질어질할 정도입니다. 하지만 선택지가 많은 만큼 제게 딱 맞는 곳이 있을 확률도 높습니다.

2021년 말부터 정말 열심히 달려왔습니다. 2022년 1월에는 유학생에게 필수인 토플, 3월에는 미국 수능인 SAT 그리고 5월에는 심화 시험 AP까지 '시험 준비'를 마쳤고 그다음에는 약 40여 개 학교 홈페이지와 SNS, 유튜브에 들어가 학교별 특징을 문서로 정리했습니다. 저는 장학금 여부, 학교 크기/학생 수, 수업 강도/커리큘럼, 취업 대비(인턴십, 연구, 대학원, 기타 경험), 학생 만족도/교내 분위기, 안전 등의 항목을 구성해 각각 5.0점 만점을 기준으로 점수를 매기고 평균을 종합한 다음 부모님과 상의하며 어디가 저에게 최선일지 검토했습니다. 형편이 넉넉지 못해 가장 중요하게 여겼던 요소 중 하나가 장학금 여부였습니다. 조사를 하다 보니 역시나 남들이 좋은 학교라고 한다고 해서 꼭 나에게 맞는 학교는 아니라는 점도 깨달았습니다. 특히 개인적으로 선호하지 않았던 여자대학에 대한 생각이 달라졌습니다.

미국 대학 원서 접수는 대체로 커먼Common앱 또는 코얼리션Coalition앱을 이용하는데 저는 전자를 택했습니다. 입력을 요구하는 정보량이 상상을 초월했습니다. 기본 인적 사항과 재정 관련 자료는 물론 지난 3년간의 교육과정, 시험이나 자격증 정보, 대외활동, 수상 경력 그리고 650자의 퍼스널 에세이를 제출해야 했습니다. 글자 수 제한이 있는 항목의 경우 몇 달간 고심하며 단어와 표현을 골랐습니다.

연말에는 학교마다 요구하는 에세이를 다듬느라 진땀을 빼며 가장 가고 싶은 학교에 온라인 인터뷰를 신청했습니다. 경쟁률이 높은 학교는 인터뷰를 잡기까지 한 달이 넘게 걸리기도 하더라고요. 평소 일정도 많았던 편이라 대학 지원 준비를 병행하기가 쉽지는 않았지만 이 또한 저의 꿈이었기 때문에 포기하지 않고 계획에 따라 진행했습니다. 2023년 1월 초까지 모든 원서를 다듬고 또 다듬어 제출했고 3월 말부터 4월 초에 걸쳐 결과를 메일로 받았습니다. 그리고 약 3주간 고민한 끝에 위스콘신에 있는 로렌스대학교Lawrence University를 선택했습니다. 단 한 번 오는 선택이자 기회이기에 정말 최선을 다해 정보를 모으고 학교 입학사정관, 재학생, 심지어 주변 한인 교회와 수십 통의 이메일을 주고받았습니다. 그렇게까지 노력을 하다 보니 어느 순간 확신이 섰습니다. '내 자리는 여기야!' 장학금을 많이 못 받으면 어쩌나 고민이 많았는데, 학비의 약 70퍼센트 정도를 지원받을 수 있었습니다.

한시라도 빨리 세상을 경험하고 싶은 마음이 가득하지만 한편으로는 많이 떨리기도 합니다. 새로운 환경에 잘 적응할 수 있을지, 혹시나 뉴스에 나오는 일을 당하지는 않을지, 엄청난 학습량과 독서

량을 감당할 수 있을지, 유학생 신분으로 취업은 할 수 있을지….
부모님 없이 홀로 외국에서 살아가야 하니 고민이 많을 수박에요.
하지만 한번 걱정에 사로잡히면 한도 끝도 없다는 걸 알기에 굳이
여기에 시간과 정신력을 투자하지는 않습니다. 고민한다고 당장 해
결할 수 있는 문제는 아니니까요. 그렇다고 '될 대로 돼라'는 아닙니
다. 그냥 제가 잘해내리라 믿어보는 것입니다. 그리고 넘어지면 다
시 일어서면 되죠. 제게는 '리'라는 든든한 철학이 있으니까요.

자칭 마인드맵 전문가

어느 날 어디에나 쓸 수 있는 10만 원이 생긴다면 뭘 하고 싶은가요? 즐거운 상상이 끝없이 펼쳐질 수도, 정말 중요한 뭔가에 써야 한다는 깊은 고민에 빠질 수도 있겠죠.

부모님에게 따로 용돈을 받지 않는 제게 나로프로젝트에서 지원받은 10만 원은 큰돈이었습니다. 나로프로젝트란 4장에서 소개한 청소년 공간 공릉청소년문화정보센터의 학교 밖 청소년 전용 아지트인 '나도꽃'의 특별한 프로그램 중 하나입니다. 청소년들이 각자 자신에게 맞는 다양한 길을 탐색하고 시도할 수 있게 해주는 프로젝트형 학습 과정으로 스스로 의미 있다고 생각하는 활동을 계획하고 진행하면서 매달 정기 모임을 통해 또래 친구들과 서로의 진행 상황도 공유합니다. 나를 위한 프로젝트에 새로운 만남의 조합이라니! 딱 제가 좋아하는 세트였습니다.

이 소중한 10만 원을 어떻게 해야 가장 의미 있고 신중하게 쓸 수 있을지 고민에 고민을 거듭했습니다. 오직 나를 위한 투자를 하고 싶기도 했고 누군가와 함께 나눌 수 있는 가치를 창출하고 싶기도 했습니다. 고민 끝에 제가 내놓은 최종 프로젝트 기획안은 두 가지였습니다.

첫 번째는 '서울 전시회 탐방하기'입니다. 미술이나 디자인을 전공할 생각은 없지만 전반적으로 예술에 관심이 많은 편인데 학교에 다닐 때는 주말 외에는 문화생활을 즐길 시간이 너무 부족했고 막상 주말이 돼도 가만히 쉬고 싶을 때가 많았습니다. 주말에는 어딜 가든 사람이 붐비기도 하니까요. 나로프로젝트는 굳이 시간과 돈을 신경 쓰지 않고 전시회를 갈 완벽한 기회였습니다. 덕분에 총 3개의 전시 중 2개는 엄마와 그리고 나머지 하나는 친구와 다녀왔습니다. 여기까지가 '나를 위한 투자'였습니다.

두 번째는 '마인드맵 강의하기'였습니다. 자격증이 있는 건 아니지만 저는 중학교 1학년 때부터 꾸준히 마인드맵을 그려온 '자칭' 마인드맵 전문가입니다. 마인드맵이란 방사형 구조로 글과 그림을 이용해 생각을 펼쳐내는 창의적 생각 정리 기술입니다. 토니 부잔이라는 사람이 학생들에게 효과적인 학습 방법을 모색하다가 개

발했다고 합니다. 이름 그대로 뇌[mind]의 생각을 지도[map]처럼 그리는 마인드맵은 생각을 정리하거나 긴 글을 요약할 때 정말 효과적입니다. 난잡한 정보를 단 한 장으로 정리할 수 있는, 요즘 세상에는 특히나 필수라고 할 만한 스킬이죠. 마인드맵은 실생활에서도 유용성이 돋보이는 기술입니다. 중학생 때는 마인드맵 활용이 가능한 수행평가마다 다 만점을 받았을 정도입니다. 엄마도 가족 여행을 갈 때마다 여행지나 준비물을 마인드맵으로 정리합니다.

그래서 문득 이런 생각이 들었습니다. '내가 마인드맵을 가르쳐 보면 어떨까?' 그렇게 제 17년 인생 첫 강의를 개설했습니다. 강의 장소로 센터 활동실을 대여했고 초등학교 6학년 이상인 누구나 강의에 참석할 수 있게 했습니다. 지원금으로는 필요한 준비물을 구매했습니다. 직접 PPT와 활동 자료도 제작했습니다. 미래 강의를 대비하기 위한 수강생 피드백 설문 조사를 만드는 것도 잊지 않았고요. 처음이라 미흡한 부분이 많았지만 제가 잘하는 것을 타인과 나눌 수 있어 정말 뿌듯했습니다. 새삼 전 세계의 선생님과 강사진이 대단하게 느껴지기도 했습니다. 아무리 내가 잘 아는 것이라 해도 타인에게 이를 전달하고 공감을 얻어내는 것은 다른 문제였으니까요. 친구에게 설명하는 것과 공식적으로 '강의'를 하는 것은 완전히 별개의 영역이었습니다. 목소리 높낮이나 말하는 속도, 자세 등 여러모로 신경 쓰이는 부분이 많았습니다. 하지만 한번 해보고 나니 자신감이 붙은 것은 물론 다음에 또 강의를 해보고 싶다는 생각이 들었습니다. 누군가에게 도움을 주면서 동시에 제 능력도 또 한 번 키우는 것, 그야말로 금상첨화였습니다. 그리고 이 도전은 몇 배로 제게 돌아왔습니다.

평소와 다르지 않은 하루를 보내던 어느 날 나로프로젝트 담당 선생님에게 연락이 왔습니다. 제 강의 참석자 중 한 분이 인근 중학교에서 중학교 1학년 자유학기제 수업을 기획하고 있는데 제가 마인드맵 수업을 하면서 학교에 다니는 후배들에게 학교 밖 경험을 들려주는 건 어떻겠냐는 것이었습니다. 당연히 대답은 '예스'였습니다. 이번에는 강의료도 받았습니다. 10월에 한 번, 12월에 한 번 총 두 번의 강의로 25만 원. 제 능력으로 수익을 얻는 것은 처음이었습니다.

그렇게 저는 공릉중학교 1학년 후배들 앞에서 마인드맵 강의를 진행했습니다. 5월 강의 피드백을 바탕으로 수업 내용을 조금 수정해 강의를 했는데도 수강생이 한 번에 대폭 늘어나니 훨씬 어려웠습니다. 이전 참석자가 10대 후반에서 성인에 이르렀다면 이번에는 막 청소년기에 접어든 아이들이 대상이어서 그런지 집중력을 꾸준히 유지시키거나 모두에게 목소리를 전달하는 것이 어려웠습니다. 매일같이 여러 교실을 전전하며 수업하는 모든 학교 선생님에 대한 존경심이 피어오르는 날이었습니다.

겨울이 지나고 날씨가 조금씩 풀리고 있는 지금은 '디지털 마인드맵 100일'에 도전하고 있습니다. 마인드맵을 손으로 그리는 대신 'X-mind'라는 디지털 프로그램으로 그리는 프로젝트입니다. 얼마 전 2023년 봄 학기 나로프로젝트를 신청했는데 이번에도 마인드맵 강의를 해볼 생각입니다. 그저 재미로 시작했던 활동이 이렇게까지 확장될 줄 누가 알았을까요? 좋아하는 일을 계속해야 하는 이유가 하나 더 생긴 셈입니다. 혹시 마인드맵에 관심이 있나요? 서울이라면 어디든 달려갈 테니 연락만 주세요!(웃음)

인사이드아웃 창업 스토리

'창업놀이터'는 JA Korea와 삼성이 운영하는 사업으로 기업가 정신 함양을 위해 청소년에게 전반적인 창업 과정을 체험할 기회를 제공합니다. 우연히 페이스북에서 창업놀이터 광고를 보게 됐을 때 얼마나 반가웠는지 모릅니다. 보통 창업 관련 프로그램은 20~30대를 위한 것이 많아 관심이 있어도 참여할 수가 없는데 창업놀이터는 고등학생도 참여할 수 있었거든요. 나만의 독창적인 아이디어를 누군가를 도울 수 있는 창업 아이템으로 바꾸는 일은 정말 매력적으로 다가왔습니다. 단순히 아이디어에서 그치는 것이 아니라 실제로 구현까지 해볼 수 있다는 점에서 진정한 '창업 체험'이라고 생각했죠.

그런데 참여 조건 중 하나가 2~4명이 한 팀을 이루는 것이었습니다. 급하게 중학교 친구들에게 연락을 돌렸지만 고등학교 생활을 앞둔 친구들이 무려 9개월이라는 장기간에 걸친 프로그램에 참여하기란 힘든 일이었습니다. 애가 탔습니다. 정말 하고 싶은데 누구 없을까? 학교 밖 청소년? 학교를 나온 지 얼마 안 돼서 아는 사람이 없는데?

그러다 문득 6학년 때 같은 학원에 다녔던 남자애 한 명이 떠올랐습니다. 그다지 친하지는 않아서 학원을 떠난 뒤 서로 연락은 하지 않았지만 그 친구가 중학교를 1학년까지만 다니고 홈스쿨을 시작했다는 이야기는 들어서 알고 있었죠. 장장 4년 만의 연락이라 많이 고민했습니다. 하지만 해보기 전에는 결과를 알 수 없잖아요. 저는 제안을 던졌고 다행스럽게도 긍정적인 답이 돌아왔습니다. 마침 자신도 그런 쪽으로 관심이 있고 경제 공부를 함께하는 다른 홈스쿨러 친구가 있는데 같이 참여해도 되겠냐는 내용이었습니다. 오히려 좋아!

그렇게 대한민국 청소년 '안'이지만 학교 '밖'인 팀 '인사이드아웃'이 탄생했습니다(많은 사람이 애니메이션 제목으로 혼동하지만 우리만의 의미가 담긴 팀명입니다). 원래부터 친한 사이는 아니어서 처음에는 다소 어색했지만 몇 차례 대면하면서 자연스럽게 가까워졌습니다.

우리는 실제로 창업을 한 분들의 멋진 강연을 듣고 대학생 멘토의 도움을 받아 앞으로 꾸준히 발전시켜 나갈 창업 아이디어를 발굴했습니다. 여러 창업가들의 생생한 경험담을 듣다 보니 공통된 맥락 두 가지를 찾을 수 있었습니다. 첫째는 팀원 간 배려와 협력의 중요성이었고 둘째는 발 벗고 나서기였습니다. 각자 걸어온 길과 만들어 낸 아이템은 달랐지만 이 두 가지만은 강연마다 한 번씩은 꼭 언급됐습니다. 덕분에 우리 팀 역시 이 점을 잘 새기고 가끔 의견이 일치하지 않을 때도 한 배를 탄 팀이라는 생각으로 서로를 배려하려고 노력할 수 있었습니다. 발 벗고 나서기 정신은 말해 무엇 하겠어요. 우리는 학교 밖 청소년 '인사이드아웃'인걸요.

인사이드아웃은 팀원 모두가 학교 밖 청소년으로 구성된 특이점을 살려 같은 처지의 친구들을 도와줄 수 있는 아이템을 구상했습니다. 바로 학교 밖 청소년을 위한 정보 및 커뮤니티 앱 '함께'입니다. 학교 밖 청소년의 대표적 불만 중 하나인 정보(지원, 프로그램 등) 부족과 실질적인 만남의 어려움을 하나의 통합 플랫폼 서비스로 해결하고자 했습니다. 학교 밖 청소년이 학교에 가지 않음으로써 생기는 소중한 시간을 효율적으로 투자할 수 있도록 프로그램 정보를 신청 링크와 함께 올리고 자신의 취미/관심사 등을 공유할 수 있는 온라인 커뮤니티를 소개해 주는 기능을 담았습니다.

약 9개월 동안 창업 관련 강의를 듣고 창업자들과 대화하고 질문하며 아이템을 발전시키기 위해 많은 시간과 노력을 들였습니다. 어떻게 하면 플랫폼을 더 깔끔하게 관리할 수 있을까? 어떻게 하면 학교 밖 청소년의 니즈를 더 명확하게 반영할 수 있을까? 더 효율적인 방법은 없을까? 다른 사람들에게 이 제품을 어떻게 설명해야 할까? 창업가 마인드인 기업가 정신을 몸소 익혀보는 시간이었습니다.

여기에 더해 창업놀이터는 중간 투자설명회를 통해 팀당 최대 100만 원까지 투자 지원금을 주기 때문에(우리는 총 70만 원을 투자받았습니다) 아이디어로만 그치지 않고 실제 프로토타입까지 제작해 볼 수 있었습니다. 여러 꿈드림 센터를 찾아다니면서 홍보도 했습니다. 그리고 그 성과는 12월 17일 창업놀이터 페스티벌에서 빛을 발했습니다. 총 227개 팀 중 인사이드아웃이 최우수상(2등)을 탄 것입니다. 실제 창업에 성공한 선배님들의 조언을 주의 깊게 듣고 끝까지 포기하지 않았기에 가능했던 일입니다.

10대 후반에 창업을 체험할 기회는 정말 흔치 않습니다. 일일 캠프도 아닌 9개월의 장기 프로젝트여서 더 풍부한 경험을 쌓을 수 있고요. 리더십과 팀워크 상승은 물론 성공한 창업가들과 직접 만날 수도 있습니다. 대신 시간을 많이 투자해야 하니 어느 정도 시간적 여유가 있는 사람에게 추천합니다. 무작정 뛰어들었다가 중도 포기한 팀도 꽤 되거든요. 매년 3월 초 창업놀이터 홈페이지와 SNS에 모집 공고가 뜨니 기회가 된다면 꼭 도전해 보길 바랍니다. 청소년 창업가의 길, 궁금하지 않은가요?

학교 밖 청소년 의류 브랜드 디프런트로룽

창업놀이터를 위한 아이템 발굴 과정에서 여러 곳의 꿈드림 센터를 방문했습니다. 우리 아이디어를 소개하면서 질문이나 개선 요구 사항을 받아볼 수 있었고 향후 개발할 앱에 프로그램 정보를 제공하겠다는 MOU도 체결할 수 있었죠. 이전까지는 제가 등록된 강동구 센터 외에는 가본 적이 없었는데 이때 처음으로 지역마다 지원 프로그램부터 시설, 분위기까지 모두 천차만별이라는 사실을 알았습니다.

그중 강동구에서 가장 가깝다는 이유로 광진구 꿈드림 센터를 방문했을 때의 일입니다. 광진구 센터는 강동구보다 시설 규모는 작았지만 눈에 띄는 점이 하나 있었습니다. 바로 책장에 쌓여 있거나 옷걸이에 걸려 전시된 옷들이었습니다. 알고 보니 센터에서 지원해 주는 학교 밖 청소년 의류 사업이었습니다. 학교 밖 청소년들이 실제로 사업자등록을 비롯해 옷 디자인, 마케팅까지 모두 직접 했다고 했습니다.

더 자세히 들어보니 수익금 중 투자받은 금액은 센터에 환원하고 남은 이익은 참여 청소년들에게 돌아가는 방식이라 단순히 투자 동아리가 아닌 실제 사업과 유사했습니다. 창업과 비즈니스에도 관심이 많았던 저는 2021년 겨울 시즌이 마무리된 후 다음 시즌부터 새로운 멤버로 참여하기로 하고 2022년 4월 디자인 팀에서 활동을 시작했습니다.

2021년 가온나래를 통해 스크린 프린트 기법을 배운 덕에 날염 제작의 기본 원리는 알고 있었지만 의류 사업이라는 분야는 생소했습니다. 어떤 과정을 거쳐 최종 디자인이 뽑히고 제작된 티셔츠가 유통되는지, 판매를 위한 스마트스토어는 어떻게 관리하는지 하나하나 물어보고 직접 몸으로 부딪혀 가며 배웠습니다. 특히 아무리 디자인이 창작의 영역에 가깝다지만 아이디어와 그림만으로는 아무것도 이뤄지지 않는다는 사실을 배웠습니다. 처음 로고 디자인을 뽑는 데만도 한 달여가 걸렸을 정도입니다. 이벤트를 위한 스티커 제작, SNS 홍보를 위한 의류 사진 촬영과 편집, 플리마켓 참여로 현장 판매도 경험했습니다. 장사는… 힘든 일이었다고만 해두겠습니다. 팀 회의는 시즌마다 요일을 정해 매주 한 번씩 진행했고 촬영이나 플리마켓 같은 특별한 일정이 있을 때는 그때그때 시간이 되는 팀원끼리 함께했습니다.

많은 것이 어렵고 생소하게 느껴졌지만 의류 창업 과정 체험은 정말 값진 경험이었습니다. 10대에 매주 브랜드 정기 회의에 참석해 디자인이나 수량, 가격 및 홍보 방법을 논의할 기회가 얼마나 될까요. 오프라인 판매가 끝난 후 팀원들과 함께하는 회식도 쏠쏠한 재미였습니다.

2023년에는 독서와 마인드맵에 집중하고자 지난해 12월 팀과는 작별했지만 요즘도 새 디자인이나 세일 이벤트를 보면 SNS에 공유합니다. 인스타그램과 네이버 스마트스토어에 '디프런트롱', 'differentwrong'을 검색하면 다양한 상품을 만나볼 수 있어요.

평소 패션에 관심이 많거나 디자인 업계에서 일하는 것이 꿈이라면 미루지 말고 지금 뭔가에 도전해 보세요. '의류 사업'이라는 거대한 카테고리 안에는 어마어마하게 많은 역할이 숨어 있고 직접 도전해 봐야 내게 꼭 맞는 역할을 찾을 수 있습니다. 디자인에 관심이 있었는데 트렌드 파악을 더 잘한다든지, 이벤트 기획보다 영업이 재밌다든지 새로운 재능과 관심 분야를 발견할 수도 있습니다. 물론 이건 패션에만 한정된 이야기는 아닙니다. 어떤 분야에서든 막연하게 '해보고 싶다'고 생각하는 것과 실제로 행동에 옮기는

데는 엄청난 차이가 있다는 걸 잊지 마세요.

인스타그램을 보니 현재 디프런트롱은 새 학기 시즌 세일을 진행 중이네요. 만약 이 글을 읽고 프로그램에 관심이 생겼다면 꼭 광진구 꿈드림 센터를 찾아가 보길 바랍니다. 문은 언제나 열려 있습니다. 비록 일반 학생과는 다른 길을 가고 있지만 우리는 틀리지 않았습니다. 다르다고 해서 틀린 것은 아니니까요.

We're just Different, not Wrong.

세상으로의 문을 열어주는 글로벌리더십캠프

3장에서 잠시 언급했듯이 저는 2022년 여름 10박 12일 동안 디케이김 글로벌리더십캠프에 참여했습니다. 지원 자격은 재학생이었지만 노력과 간절함이 통해서인지 총선발 인원인 20명 안에 들 수 있었습니다.

캠프로 출발하기 전 모집 공고에는 따로 안내되지 않았던 아시안 리더십 컨퍼런스[ALC]에 무료로 참가할 기회도 주어졌습니다. 이틀간 서울 신라호텔에서 미국의 마이크 펜스, 제프리 삭스, 마켓컬리 김슬아, 호주 전 총리 스콧 모리슨 등 전 세계의 유명 인사를 실제로 보게 된, 정말 꿈만 같은 자리였습니다. 그들이 눈앞에서 전쟁과 평화, 환경, 정치, 리더십, 배려 등 각양각색의 주제로 연설하고 대화하는 모습을 보면서 '글로벌 리더'라는 게 무엇인지 실감했고 둘째 날에는 용기를 내 강연 중 질문도 하고 강연 후 말을 걸어 보기도 했습니다. 아침부터 밤까지 계속 심장이 두근거리더라고요. 나중에는 강연 중 하나를 골라 비주얼싱킹으로 한 장 정리도 했습니다.

이렇게 ALC에 참가한 것만으로도 눈과 귀가 열렸는데 직접 해외로 나가는 경험은 또 얼마나 멋질까요. 줌 오리엔테이션과 설렘 가득한 준비 후 7월 31일 인천국제공항에서 미국 LA로 향했습니다. 약 일주일간은 LA에 있는 사립종합대학교 로욜라메리마운트대학교Loyola Marymount University에 머무르며 경제와 사회, 국제 비즈니스 그리고 요즘 시대에 특히 중요하다고 여겨지는 소통에 관한 수업을 들었습니다. 모든 프로그램 일정과 수업은 100퍼센트 영어로 진행됐습니다. 아무리 평소에 영어 공부를 한다지만 미국에서 하루 종일 영어를 듣는 건 색다른 경험이었습니다. LA 항구에서는 현지 고등학생들과 문화 교류를 하며 그들의 문화, 사고방식, 습관 등을 몸소 체험할 수 있었고 이틀 정도 시내를 관광하면서 다양한 문화 자본을 감상했습니다. 책이나 영화로는 배울 수 없는 특별하고 값진 경험이었습니다.

나머지 3일은 LA 반대편, 미국의 수도 워싱턴 D.C.에 있는 리더십 기관에서 효과적인 말하기와 프레젠테이션 방법, 다양한 정치인들의 연설 방법 등을 자세히 배웠습니다. 생각할 틈도 없이 즉석에서 말해야 하는 상황에서 당황하지 않고 차분하게 말하기, 카메라가 가득한 방송 스튜디오에서 자연스럽게 말하기 같은 기술이 흥미로웠습니다. 또 유명 기념관과 미국 국회의사당 투어를 하면서 미국의 역사와 사상, 가치를 건축과 예술을 바탕으로 습득할 수 있었습니다.

리더십캠프는 국내와 해외 모두에서 제게 세상으로의 문을 열어주는 매개체였습니다. 당연히 10박 12일 동안 경험할 수 있는 것에는 한계가 있지만 처음으로 세상을 사랑하는 글로벌 리더가 되자는 큰 인생 목표를 품게 됐습니다. 작은 용기와 도전의 파장은 그 누구도 예측할 수 없습니다. 원하는 것, 이루고자 하는 것이 있다면 주저하지 말고 손을 뻗어보세요.

하르미온느의 시간표

학교를 나온 후 저만의 리듬을 찾기까지 6개월이 넘는 시간이 걸렸습니다. 이것도 해봤다가 저것도 해봤다가 그야말로 중구난방이었습니다. 하필이면 코로나19로 인한 각종 제한이 심할 때라 밖에 나가 마음껏 놀 수도 없었습니다. 세계사 수업도 듣고 꿈드림 활동도 하고 검정고시도 보고 여행도 가고 창업놀이터에도 참여했지만 공부하는 것도 노는 것도 아닌 애매한 상태였습니다. 그러다 미국 유학과 책 출간이라는 목표가 생기면서 제 인생은 조금씩 달라지기 시작했습니다. 마감 기한도 명확하고 진정으로 이루고 싶다는 의지가 있었기에 움직일 수 있었습니다.

고백하자면 저는 계획형 인간이 아닙니다. 오히려 기회만 되면 여기저기 일을 벌여놓는 스타일이죠. 좋게 말하면 실행력이 강하고 나쁘게 말하면 산만합니다. 2022년 한 해 동안 제게는 수많은 기회가 찾아왔습니다. 마음만 먹으면 창업놀이터에 재참가할 수도 있었고 각종 학교 밖 청소년 관련 대외활동을 할 수도 있었으며 소설을 마음껏 읽을 수도 있었습니다. 각 꿈드림 센터에서 진행하는 문화 체험 프로그램도 매달 있었고요. 그럼에도 유학이라는 1순위 목표를 위해 입학 지원에 도움이 되면서 시간 소모가 크지 않은 일들만 남겨놓았습니다. 물론 한두 번의 무계획성 일탈도 있었고 매일 매 순간 의지력이 완전하지는 않지만 마지막에는 언제나 제 자신에게로 돌아올 수 있었습니다. 이 장을 마무리하며 제가 하고 싶은 일을 모두 해내기 위해 하루 24시간을 어떻게 활용했는지 소개해 볼게요.

원래 저는 보통 아침 7시 정도에 일어나고 밤 11~12시쯤 잠드는 생활을 유지하고 있었습니다. 그러다 2022년 8월부터 다가오는 입시 시즌을 준비하기 위해 5시 기상, 10시 취침을 지키며 생활했습니다. 특별한 이유가 있다기보다 그저 조금이라도 하루를 효율적으로 쓰면 좋겠다고 생각했기 때문입니다. 전날 어떤 변수가 생겨 늦게 잠들었다 해도 다음 날 아침에는 30분 이상 늦잠을 자는 일이 없게 했습니다. 그동안 힘들게 쌓아온 습관을 무너뜨리면 안 되니까요. 그 순간 잠깐 피곤하긴 하지만 하루만 버티면 몸은 금세 다시 적응했습니다.

기상 후 오전 7~8시까지는 메일에 회신하거나 책 원고를 쓰고 입학 원서 작업을 합니다. 제가 조금만 일찍 일어나도 미국 시간에 어느 정도 맞출 수 있어 유학 준비를 도와주는 현지 카운슬러와 빠르게 소통할 수 있습니다. 해조차 잠들어 있는 고요한 시간은 글쓰기에 투자하는 데 안성맞춤입니다. 저보다 조금 먼저 일어나는 엄마와 함께 매일 비어 있는 새벽을 부드러운 자판 소리로 채웁니다. 글을 쓰다가 배가 고파지면 냉장고에 있는 것들을 꺼내 먹기도 합니다. 아침 식사는 무조건 가볍게 하는 편입니다. 안 그러면 나중에 졸려서 집중이 안 되거든요.

새벽에 일어나는 습관이 들면 오후가 정말 길게 느껴집니다. 반대로 해가 지고 나서는 눈 깜짝할 사이에 잘 시간이 됩니다. 상대적으로 오전이 하루 일과의 큰 비중을 차지하다 보니 오전 10시쯤 되면 자연스럽게 피로해집니다. 그럴 때는 기타 연습을 하면서 휴식을 취해줍니다. 방문을 닫고 혼자 30~40분 정도 기타를 뚱땅거리다 보면 머리가 맑아집니다. 제 몸보다 큰 기타 때문에 어깨가 좀 아프긴 하지만 잠깐 스트레칭을 해주면 또 금방 풀립니다.

점심때가 될 때까지 남은 시간은 수학 문제를 풀고 주말에 있을 필로어스 토론을 위한 책을 읽고 올릴 내용이 있다면 인스타그램에 게시물을 올리기도 합니다. 그 김에 친구들과 소통도 하고요.

카카오톡은 거의 단체 채팅용으로만 쓰고 스냅챗, 트위터, 틱톡 등은 귀찮아서 하지 않습니다. 저에게 SNS는 하나만으로 충분한 것 같습니다. 일 평균 접속 시간은 한 시간 정도입니다. 집중이 안 되거나 남는 시간에는 블로그에 올릴 글을 쓰거나 일기를 씁니다. 그냥 뭘 했는지, 어디에 누구와 함께 있었는지 간단하게 적는 정도입니다. 대신 일기는 직접 노트에 손으로 적습니다. 모든 것이 자판으로 쓰이는 디지털 시대에 아날로그 방식을 하나쯤은 유지하고 싶다는 작은 고집입니다.

오후에는 친구랑 프로그램이나 디프런트룸, 기타 수업 등에 참여하기 위해 외출하는 경우가 많습니다. 엄마와 함께 마트나 도서관을 가기도 하고요. 정말 피곤하거나 졸리면 타이머를 맞추고 20분 정도 낮잠을 잡니다. 단, 뇌가 '깊은 잠'으로 인식하기 전(약 20분)에 빨리 일어나야 해요.

저녁에는 낮에 하지 못한 일을 마저 끝내거나 상대적으로 덜 급한 일을 합니다. 얼마 전에는 필로프리셉 졸업 논문을 제출해야 했는데 완성도 있는 결과물을 위해 한 주 동안은 논문을 완성하고 수정하는 데 그 어떤 일보다 많은 시간을 할애했습니다. 밤잠을 한두 시간씩 줄이기도 했고요. 셰익스피어의 비극 중 하나인《리처드 2세》를 주제로 썼는데 어느 대사를 읊어주면 대충 작중 어디에 있는 대사인지 단박에 맞출 정도로 깊게 그리고 여러 번 읽었습니다. 한동안 비극은 쳐다보지도 않을 생각입니다. 셰익스피어 비극에 나오는 특유의 광기 때문에 저까지 미치는 줄 알았습니다. 피곤하고 뇌가 지끈거렸지만 완성작은 맘에 쏙 들었습니다.

이 글을 쓰는 지금은 대입 원서 접수를 모두 마친 상태라 루틴이 자연스럽게 수정됐습니다. 이제는 다시 7시 기상을 원칙으로 하고 주로 11시, 늦어도 12시에 취침합니다. 여전히 오전은 거의 원고 수정에 할애하고 오후는 최근에 시작한 마케팅 인턴십 업무에 집중합니다. 앞서 이야기한 디지털 마인드맵 100일 100장도 꾸준히 하고 있고요. 여러 외출이나 온라인 수업을 제외한 시간은 모두 독서에 쏟고 있습니다. 필로어스와 필로프리셉을 위한 책도 있고 유학 준비가 끝나면 읽으려고 미뤄둔 책도 있고 그냥 머리를 식히기 위한 가볍고 재미난 책들도 있습니다. 비행기를 타는 순간까지 열심히 머리를 채우려고 합니다. 자기 전에는 하루를 점검하는 차원에서 짧은 일기를 쓰고 다음 날의 계획을 간단하게 짠 후 졸릴 때까지 또 책을 읽습니다.

저에게 인생이란 거대한 유화입니다. 한번 그은 획은 지울 수 없고 완벽히 말라 그림의 일부가 되기까지 굉장히 오랜 시간이 걸립니다. 하지만 덧칠은 할 수 있습니다. 물론 덧칠을 한다고 밑그림이 없던 일이 되진 않지만 시간이 흐르면 오히려 그 밑에 숨은 흔적들이 재밌는 이야깃거리가 된다고 믿습니다.

학교를 나온 후 저는 어렴풋이 잔상만 남아 있던 제 위에 밑그림부터 다시 그리기 시작했습니다. 완전히 지우개를 놓지 못하고 선을 긋기 전에 매번 망설였지만 시간이 지나면서 흐릿한 점선은 실선이 됐고 스케치에는 색이 입혀졌습니다. 지금 제 그림은 아직 미완성이지만 괜찮습니다. 앞으로는 지우지 않고 계속 그려나갈 테니까요. 저를 완성한 다음에는 세상을 그려 넣겠죠. 제가 가장 좋아하는 것들과 소중한 사람들로 가득 채워서요.

물론 인생은 예측 불가능하니 제 그림이 미완성으로 끝날 수도 있습니다. 하지만 뭐 어때요. 미완성작도 나중에 누군가에게 발견돼 역사적인 작품이 되기도 하잖아요? 그러니 이제는 과감하게 긋고 칠하고 덧칠합니다. 시간이 좀 걸리면 어떤가요. 마지막에 행복한 제가 그려져 있기만 하면 되죠.

프랑스 철학자이자 시인인 가스통 바슐라르는 "세상은 정답이기 전에 아름답다. 세상은 증명되기 전에 경이롭다"고 말했습니다. 아직 17년밖에 살지 않은 저는 정답과 증명을 갈구하기보다 먼저 세상을 보고 듣고 경험하며 아름다움을 온몸으로 느끼고자 합니다. 세상의 경이로움을 깨달은 뒤에 비로소 그 안에 있는 제자리를 찾아갈 것입니다.

이제 제 캔버스에는 한 권의 책이 그려져 있습니다. 유명한 웹툰이나 소설 작가들이 '완결'을 냈을 때의 기분이 어땠는지 알 것도 같네요. 또 다른 모험과 도전을 하기 위해 이만 원고에 '진짜 마침표'를 찍습니다.

너를 보여줘 5

동에 번쩍 서에 번쩍 김시윤

자기소개를 해주세요.

↳ 안녕하세요! 17세를 앞둔 김시윤입니다. 사진 찍고 대화 나누길 즐기고 세상 구경을 좋아합니다. 저는 한국 청소년 중 가장 특이한 사람 중 한 명이라 자부할 정도로 독특한 삶을 살고 있어요. 제 다양한 모습과 생활을 인스타그램(_siyoon.kim)에 기록하는데 궁금하면 놀러오세요!

학교는 언제, 어떤 계기로 나오게 됐나요?

↳ 저는 어릴 때부터 공부를 좋아했어요. 그만큼 성적이 또래보다 월등히 높았고 직접 말하기엔 민망하지만 공부 자체를 좋아했기 때문에 어떤 과목이든 잘할 수 있었어요. 이런 제가 한국 공교육의 경쟁 속에 뛰어들길 원치 않았던 어머니는 경험과 인성을 위주로 가르치는 대안학교에 보냈어요. 6년 정도 다니면서 훌륭한 선생님과 프로그램을 접했지만 여전히 학습에 관한 갈증은 해소되지 않았어요. 이 시간을 더 가치 있고 알찬 시간으로 바꿔보고자 교육 시스템을 완전히

벗어나기로 했어요. 앞으로 모든 것을 혼자 해야 한다는 두려움이 있었지만 이미 자기주도학습이 습관화돼 있어 홈스쿨에 도전할 수 있었습니다.

Q 학교를 나온 뒤에는 어떤 활동을 했나요?

└ 홈스쿨은 2019년에 시작했어요. 이때 제 인생에서 가장 열심히 지냈다고 생각할 만큼 많은 것을 이뤘어요. 먼저 중학교, 고등학교 검정고시를 모두 만족스러운 점수로 합격했어요. 사실 중졸과 고졸을 한 해에 연달아 볼 생각은 없었고 충동적으로 내린 결정이었지만 결과적으로는 잘한 선택이었어요.

활동도 다양하게 했어요. 서울시립청소년미디어센터의 청소년운영위원회에서 서울시에서 진행하는 여러 미디어 관련 행사를 주관 · 참여하고 센터 내 기관을 관리했어요. 참여자 대부분이 대학생이었는데 그들과 함께 사회를 경험해 보는 값진 시간이었죠. 꿈드림을 통한 경기도 중국역사기행부터 혼자 제주도에서 2박 3일 자전거 일주하기, 혼자 경주 여행하기 등 세상을 몸소 느끼는 경험을 많이 했어요.

핑계로 들릴 수 있지만 2020년은 코로나19로 거의 모든 활동이 중단됐어요. 가끔 꿈드림에서 진행하는 컴퓨터 자격증 수업, 방송국 진로탐색, 코딩/수학 강의 같은 활동에 참여했지만 개인적으로 아쉬움이 많이 남는 1년이었어요.

작년에는 제주도로 이사를 했어요. 6개월 동안 그곳에서 홈스쿨링을 하는 친구들과 정기적으로 만나 교류도 하고 기타 앙상블 활동도 함께했어요. 틈날 때마다 올레길(전체 약 420킬로미터)을 걸어서 대부분 완주했고 자연과 가까이 지냈죠. 5월부터는 미국 교환학생을 준비하며 영어 공부와 학업을 이어나갔어요. 9월에 출국했고 1년 동안 텍사스 프리스코에 있는 학교에서 공부했어요. 원래는 영어를 한마디도 못했었는데 끊임없이 도전하며 앞으로 세상에서 살아갈 수 있을 정도의 실력을 길렀어요. 경험만을 중시하지 않고 학업에도 열중해 전 과목 A를 받는 쾌거를 거두기도 했고요.

Q 정말 알차고 멋진 4년을 보냈네요. 지금은 어떤 활동을 하고 있나요?

└ 현재는 교환학생 프로그램을 마친 후 한국에 잠시 입국했다가 다시 비행기를 타고 세계로 나왔어요. 이번에는 어머니, 동생과 함께예요. 4개월 동안 유럽에서 사람들이 사는 방식과 문화를 경험하고 아프리카에서는 봉사 활동을 할 예정이에요. 이번 여행의 모든 일정, 회계, 기록은 제가 전담하고 있는데 이 또한 그 무엇과 바꿀 수 없는 자산이 되겠죠? 여행을 마친 뒤에는 수능을 준비하려고 해요. 사실 아직 어떤 길로 갈지는 모르지만 약 1년간 미국 생활을 경험하면서 저에게는 한국 생활이 더 맞는다고 생각했어요. 하지만 혹시 모르죠. 미래에 해외로 다시 나가고 싶을지는.

Q 수능을 본다면 혹시 목표하는 대학이나 학과가 있나요?

↳ 사실 어느 과로 갈지는 모르겠어요. 저에게 대학이란 졸업장을 따는 곳이 아닌 더 깊은 학문을 배우는 곳이에요. 다만 제 관심사가 넓게 퍼져 있고 그중에는 완전한 상극도 있기 때문에 섣불리 결정하기 어렵네요. 4년이나 몸담아야 하는 곳이니 기왕이면 좋은 강의가 있는 상위권 학교에 진학하고 싶어요.

Q 꿈이나 꼭 이루고 싶은 목표가 있나요?

↳ 아직 명확한 꿈은 없지만 저는 소금 같은 사람이 되고 싶어요. 본래 소금은 가미되면 흔적조차 사라지지만 음식 맛을 크게 좌우해 대부분의 음식에 필수로 들어가잖아요. 저도 눈에 띄지는 않지만 주위에 좋은 영향을 미치며 없으면 허전한 사람이 되고 싶어요. 이 모습을 어떤 방식으로 이뤄나갈지는 모르겠지만 앞으로 계속 찾아보려고요. 꼭 이루고 싶은 목표는 제주도의 마당 있는 작은 집에서 가정을 꾸리며 사는 것이에요. 삶의 큰 욕심이 없는지라 제가 좋아하는 소소한 취미를 하며 열심히 일하고 소박하고 평범하게 살고 싶어요. 하하, 좀 할아버지 같네요.

Q 학교 밖 청소년이라는 이유로 곤란했던 경험이 있나요?

↳ 곤란했던 점은 크게 없었어요. 예전보다는 학교 밖 청소년을 인정해

주는 추세라 부정적 인식을 많이 느끼지는 않았어요. 다만 공적 기관에서 하는 프로그램에 참여하려 할 때 인증된 성적을 요구하는 부분에서 어려움이 있었어요. 아무래도 학기별 성적을 객관적으로 판단하는 기관이 없다 보니 난감했던 적이 꽤 있었던 것 같네요. 다행히 대부분은 검정고시 성적으로 대체할 수 있어 미리 고득점을 받아놨던 게 신의 한 수였어요.

Q 검정고시는 인근 지원센터에서 도움을 받는 경우가 많다고 들었는데 본인이 자주 이용하거나 도움받은 학교 밖 청소년 지원이나 서비스가 있나요?

ㄴ 저는 가장 대중적인 꿈드림 위주로 이용했어요. 하지만 지역마다 활성화 정도가 극명하고 생각보다 프로그램이 정해져 있다는 점이 아쉬운 것 같아요. 저는 이 부분을 극복하기 위해 거리가 멀어도 여러 꿈드림을 찾아다니면서 센터마다 관심 있는 프로그램에 참여했어요. 쉬운 일은 아니에요. 센터에서는 그렇게 한 학생이 제가 처음이라고 하더라고요. 웃기지만 왠지 그 사실에 자부심이 있어요.

Q 방금 학교 밖 청소년 생활의 한계점을 하나 짚어준 것 같은데 홈스쿨러로 가장 힘들었던 점은 무엇인가요? 반대로 가장 좋았던 점은요?

ㄴ 학교에서처럼 즉각적인 피드백이 없어 해이해지기가 쉬워요. 나를 판단하는 존재가 오직 나 자신으로 한정되기 때문에 객관적인 평가를

할 수도 없고요. 의지력과 실행력은 꼭 길러야 하는 요소인 것 같아요. 가장 큰 장점은 뭐니 뭐니 해도 시간을 자유롭게 쓸 수 있다는 점이 아닐까 싶네요. 학교라는 틀에서 정해진 시간표대로 살아가는 것이 아니라 내 삶을 주도적으로 정할 수 있다는 것이 정말 좋아요. 사실 제가 지금까지 시도해 보고 이뤄낸 것들의 대부분은 학교에 다녔더라면 불가능했을 일이라고 생각해요.

Q 마지막으로 학교를 나오는 것을 고민하는 청소년에게 해주고 싶은 말이나 꼭 알려주고 싶은 정보가 있나요?

↳ 확실한 계획이나 미래가 없다면 학교를 나오지 않는 것을 추천해요. 한번 결정하면 번복하기 힘들고 무한한 자유 속에서 주도적으로 살아가려면 어마어마한 의지가 필요하거든요. 특히 저는 부모님의 도움이 다른 친구들보다 적었기에 많이 힘들었어요. 다만 이 모든 걸 이겨낼 자신이 있다면 그 어떤 것과도 비교할 수 없는 멋진 삶을 살게 될 거라고 확신해요. 남들은 똑같은 대학을 가기 위해 똑같은 공부를 할 때 본인은 세상과 직접 부딪히며 스스로가 원하는 삶을 그려나갈 수 있으니까요.

어디에서든 반짝일 너에게

장장 1년에 걸쳐 마음속으로만 간직하고 있던 이야기를 몽땅 풀어냈습니다. 이렇게 한 번에 싹 정리하고 나니 속이 다 시원하네요. 이 책을 기획하고 직접 쓰기 전까지는 제가 어떤 콘텐츠를 지니고 있는지 전혀 자각하지 못했습니다. 그저 제 꿈과 행복을 찾기 위해 달려왔으니까요. 하지만 2년의 여정을 언스쿨로 그리고 제 자신을 언스쿨러로 정의하는 순간 모든 퍼즐 조각이 한 번에 착 들어맞는 기분이었습니다. 그저 생각의 파편이 아닌 '리'라는 진짜 철학이 생겼습니다.

지금까지는 하나의 주제로 이렇게 많은 분량의 글을 써본 적이 없었습니다. 그래서 와, 책을 쓰는 게 이렇게 힘든 일인 줄 몰랐어요. 그 누구의 것도 아닌 제 이야기라서 더 그랬습니다. 어떻게 해야 제 경험과 걱정과 조언을 효과적으로 전달할 수 있을지 하루에 몇 시간이고 고민했습니다. 부모도 선생님도 아닌 청소년의 입장을 간절하게 보여주고 싶었거든요. 더 직접적이고 솔직하고 피부에 와 닿는 이야기를 들려주고 싶었습니다.

문득 제가 학교를 이렇게까지 비판한 것이 불편한 독자도 있을 수 있다는 생각이 듭니다. 하지만 이건 어디까지나 제가 경험한 현실이고 진솔한 속내입니다. 그러니 제 이야기가 무조건적인 진실은 아닙니다. 인터뷰에서도 볼 수 있듯이 학교 밖 청소년은 저마다 걸어온 길이나 가치관이 서로 다릅니다. 홈스쿨, 언스쿨만이 살길은 아니지만 이 또한 하나의 관점이자 '답'입니다.

저는 결코 학교에서 도망치지 않았습니다. 그저 꿈을 좇기 위해 세상 속으로 일찍 들어온 것일 뿐입니다. 다르지만 틀리지 않습니다. 저는 언스쿨러 김하은이자 철학하는 청소년 작가이자 세상을 바꾸고자 하는 사람입니다. 당신도 당신만의 특별한 정체성을 지니고 있습니다. 혼자 끙끙 앓지 말고 자신을 들여다보세요. 그리고 울타리 밖을 한번 내다보세요. 세상은 안전하진 않지만 정말 아름다우니까요. 걱정은 잠시 내려놓고 여행을 떠나보세요. 울창하고 어두운 숲도 때로는 기댈 수 있는 든든한 쉼터가 될 수 있거든요. 사건의 지평선에 서 있는 당신을 두 팔 벌려 환영합니다.

나는 언스쿨러 엄마입니다

"애들은 몇 학년이에요?"

이 질문을 받을 때마다 잠깐 말문이 막힙니다. 제 아이들은 학교에 다니지 않으니까요. 대답을 안 할 수도 없어 아이들 나이에 맞는 학년을 말해줍니다. 계속 만날 사람인지 혹은 친분이 있는지에 따라 '진실'을 말하기도 합니다. 반응도 제각각입니다. 문제가 있었나 보다 짐작하며 조심스럽게 말하는 사람이 있는가 하면 왜냐고 물으며 화들짝 놀라는 사람도 있습니다. "그럼 뭐 해?"라며 신기해 하는 사람도 있고요.

저 역시 아이는 학교에 다녀야만 하는 줄 알았습니다. 교육기관이 괜히 있는 게 아니잖아요. 무지한 엄마보다 교육 전문가가 아이를 가르쳐야 한다고 생각했습니다. 아기가 자라 교육기관에 가니 자연스레 비교가 됩니다. 내 아이가 제일인 줄 알았는데 여러 아이들 속에 있으니 그렇지 않습니다. 하나라도 더 빨리 가르쳐야겠다는 마음이 절로 듭니다. 한글을 떼기 위해 시작한 학습지가 1년이 지나니 네댓 과목이 돼 있더라고요. 이것도 해야 할 것 같고 저것도 필요한 것 같습니다. 영어는 필수, 다룰 줄 아는 악기 하나, 잘하는 운동 하나쯤 있어야 하고 수학은 물론이고 사고력 수학도 해야 한답니다. 글쓰기도 해야 하고요. 미술 시간에 따라갈 만큼 그림도 그려야 한다네요. 주말엔 체험학습도 가야 한답니다. 시간이 없습니다. 어릴 때 하나라도 더 해놔야죠. 내 마음은 조급한데 아이는 그만큼 속도가 나지 않아 답답했습니다. 부족한 살림에 교육비는 늘어나는데 성과가 안 보여 짜증이 났습니다. 문득 '언제까지 이래야 하지?' 하는 생각이 들었습니다. 소위 '현타'가 일찍 온 겁니다. 시작은 쉬운데 끝이 보이지 않습니다. 이거저거 시켜야 한다는 말만 있지 어디가 끝인지 말해주는 사람은 없습니다. 목적지가 어딘지, 언제 도착하는지 모르는데 지금 그만두면 죽도 밥도 안 된다는 말만 들립니다. 겁이 났습니다. 내가 애를 망치는 게 아닐까?

우리나라 사람은 수면 시간이 적다고 합니다. 애, 어른 할 것 없이요. 학생들 수면 시간을 늘렸더니 성적이 오르고 사춘기 짜증이 줄었다는 연구 결과도 있다고 합니다. 학교만 왔다 갔다 하며 시간을 보내느니 차라리 잠이나 푹 자면 중2병이라도 좀 덜하지 않을까 싶었습니다. 자는 동안 키도 크면 좋겠고 남는 시간에 책까지 읽으면 더없이 좋겠죠. 그런 생각으로 둘째의 홈스쿨링이 먼저 시작됐습니다. 둘째는 초등학교를 졸업하고 중학교에 하루도 출석하지 않았습니다(중학교도 의무교육이라 정원 외 관리로 분류됐습니다). 하지만 막상 아이들이 나이 먹고(?) 학교에서 나오니 홈스쿨링이란 단어가 잘 맞지 않더라고요. 홈스쿨이면 제가 선생 역할을 해야 하는데 딱히 할 일이 없었습니다. 그러니 의미상 언스쿨이란 단어가 더 적합한 것 같습니다.

초등학교 때부터 두각을 드러내 중학교에서 착실히 공부하고 고등학교 가서는 번쩍번쩍 빛을 발하다가 높은 대학에 한 번에 떡하니 붙는 게 모든 엄마의 자녀 교육 시나리오입니다. 저도 그랬고요. 그런데 하은이가 중학생이 되고 보니 중학교라는 게 참 애매하더군요. 위치상으론 학교교육을 처음 접하는 초등학교와 대입에 직결되는 고등학교 사이에 껴 있고 진로탐색을 해 미래를 정해야 하는 시기기도 하다네요. 공부를 잘하는 것도 아니고 신나게 노는 것도 아닌 어중간한 시간을 보내는 하은이가 보였습니다. 이상하지 않은가요? 학교는 학교대로, 학원은 학원대로 이중생활을 하는 게 비효율적인 것 같았습니다.

인문계 고등학교는 대입을 목표로 하는 학교입니다. 경쟁이 있을 수밖에 없고 시험으로 평가를 받아야 하는데 그 평가 방법이 줄 세우기뿐입니다. 자신이 뭘 좋아하고 잘하는지 생각할 시간도 없이 수업 따라가기도 힘든 상황입니다. 하은이가 잘 버틸 수 있을까 생각했습니다. 학교는 잘 다녔을 것 같아요. 출결을 관리하거나 문제를 일으키지 않고 생활하는 선에서는요. 이걸로 만족해야 할지, 이렇게 하는 게 최선일지 고민했습니다. 20대에 방황하는 청년이 많으니까요. 인생에서 피해 갈 수 없는 방황이라면 그 시기를 조금 앞당기고 싶었습니다. 대학을 반드시 만 19세에 가야 한다는 법도 없으니까요. 하고 싶은 것을 찾고 그 일을 하는 데 공부가 필요하다면 그때 대학에 가도 되잖아요. 고등학교 3년 내내 쉽게 오르지 않는 성적으로 좌절하고 점수 맞춰 대학에 가서 또 이게 맞는지 고민하진 않길 바랐습니다. 대학 순위가 행복을 보장해 주진 않으니까요. 다행히 남편도 저도, 하은이도 누가 먼저랄 것 없이 여기에 동의했습니다. 기준을 대학에 두지 않으니 의외로 결정은 어렵지 않았습니다.

어느 부모든 아이의 특별한 면을 먼저 봅니다. 하지만 아이가 커가면서 그 반짝이는 것이 보이지 않습니다. 정말 그 개성이 사라지는 건지 아니면 다른 아이들과 비교하느라 보지 못하는 건지 모르겠습니다. 다른 아이들과 다르지 않게 변하는 내 아이의 모습이 안타까웠지만 어떻게 도와줘야 할지 저도 알 수 없었습니다. 스타일도, 좋아하는 것도, 배우는 것도 다 똑같아야 하는데 오로지 달라야 하는 것은 성적뿐입니다. 남들이 다 가는 길에서 어정쩡한 위치에 있으면 안 되잖아요. 위로 올라가야 합니다. 《꽃들에게 희망을》에 나오는 애벌레 기둥 생각나세요? 구름에 가려진 정상에 무엇이 있는지 모르지만 남들이 다 거기로 가니 어쩌면 내가 찾는 뭔가가 저곳에 있을지 모른다며 올라갑니다. 애벌레 기둥 오르기를 포기한 노랑 애벌레처럼 다른 길로 가도 괜찮지 않을까요? 동화 같은 해피엔딩은 안 되더라도 자기 개성은 지킬 수 있을 테니까요.

학교라는 틀을 벗어나니 보입니다. 몇 년 빠른 것도, 느린 것도 인생이란 긴 레이스에서는 큰 차이가 나지 않는다는 것을요. 어떤 이유로 학교 밖에 있는지는 중요하지 않다고 봅니다. 지금 있는 자리에서 최선을 다해 자신의 색깔을 찾아가면 됩니다. 언스쿨에는 정답이 없습니다. 우리 집 두 아이조차 다른 길을 가고 있는 걸요. 학교에 안 다닌다고 문제아가 아닙니다. 학교에도 문제 가진 아이들이 있습니다. 학교 안이냐 밖이냐가 본질이 아니더라고요. '남들보다', '남들만큼'은 '남'이 기준입니다. 제 기준을 내 아이로 맞췄기에 언스쿨러 엄마가 될 수 있었습니다. 학교 대신 제가 다 챙겨야 해서 몹시 바쁠 줄 알았는데 그렇지 않더라고요. 그저 아이 스스로 읽고 생각하고 결정한 것을 듣고 서로 이야기 나누는 것이 전부입니다. 저는 어리지만 한 발 한 발 자신의 인생을 만들어 가는 아이들을 지지하고 응원하는 부족한 엄마일 뿐입니다. 부디 이 책이 아이와 한 발짝씩 앞으로 나아가는 부모에게도 도움이 되길 소망합니다.

나는 내가 될게 너는 네가 되어 줘

초판 1쇄 발행 2023년 6월 30일

지은이 · 김하은
발행인 · 이종원
발행처 ㈜도서출판 길벗
출판사 등록일 · 1990년 12월 24일
주소 · 서울시 마포구 월드컵로 10길 56(서교동)
대표전화 · 02)332-0931 | 팩스 · 02)322-0586
홈페이지 · www.gilbut.co.kr | 이메일 · gilbut@gilbut.co.kr

기획 및 책임편집 · 이미현(lmh@gilbut.co.kr) | 제작 · 이준호 손일순 이진혁 김우식
마케팅 · 이수미 장봉석 최소영 | 영업관리 · 김명자 심선숙 정경화 | 독자지원 · 윤정아 최희창

디자인 · 디자인 유니드 | 교정교열 · 강설빔
인쇄 및 제본 · 영림인쇄

ISBN 979-11-407-0469-9 43810
(길벗 도서번호 050202)